國王排名

後篇

小說改作：八奈川景晶
漫畫原作：十日草輔

輕文學
Light Literature

目次

中場休息·奪回

伯斯王國。

這個豐饒的國家，過去由國王排名第七名的伯斯王統治。以萬夫莫敵的強悍聞名的他，守護著這個國家的和平。

但現在，危機降臨伯斯王國。

強大的國王辭世後，在王權交替之時，不尋常的事態發生了。

已故國王的靈魂竟然占據了親生兒子的肉體，重返人世。

伯斯王在復活後，和魔鏡米蘭喬聯手將冥府的罪犯引至王國內部，讓自己的國家陷入混亂。

遭到冥府的罪犯篡國後，又因為魔獸四處肆虐，伯斯王國成了恐懼瀰漫之地。

為了保命，人民倉皇逃難，竭盡所能躲藏起來，靜悄悄地過日子。

然而，現在卻有人朝著這個被混亂吞噬的國家前進。

四名騎士、一名壯漢，以及——一位母親。

「戴達……母后一定會把你救出來……」

母親——希琳這麼輕喚其子之名。

相信兒子即使被伯斯占據肉體，靈魂也並未因此消失的她，現在就站在這裡。

—・—・—・—・—・—・—・—・—・—・—・—

抵達王城後，迎接希琳等人的，是凶猛殘暴的魔獸。看到一行人靠近，牠們像是企圖嚇阻般露出尖牙，還不斷發出低吼聲。

陪在希琳身邊的壯漢——德魯西為了保護她而擋在前頭，他一邊牽制魔獸，一邊仰望城牆上方。

站在那裡的是阿庇司——過去和德魯西同樣被譽為伯斯王國四天王的男人。

在國家大難臨頭的此刻，本應最先挺身而出的四天王的他，此刻卻成為亡國的先鋒。

「阿庇司！你就是幕後黑手嗎？」

德魯西狠瞪著眼前的魔獸，這麼質問昔日同袍。

「不對……我……」

阿庇司支支吾吾地否認。

他對自己的所作所為也懷抱著迷惘——在德魯西看來是這樣的。

「德魯西，是我，米蘭喬，是我指揮這一切。」

代替阿庇司回答的，是被他揣在懷裡的一面鏡子。外框設計精雕細琢的這面鏡子，沒有倒映出前方的景色，而是浮現出一個黑色的人影。

「米蘭喬大人！怎麼會？」

這個名字喚起了德魯西的記憶。過去，伯斯王興建王國時，身邊有一名總是和他形影不離的年幼少女——她的名字便是米蘭喬。

「我聽說您在先前的戰爭中死去……」

不過，現在又怎麼會在鏡子裡——儘管腦中滿是疑問，但德魯西選擇先遺忘這些。

在這個瞬間，米蘭喬的模樣並不是必須優先追究的問題。德魯西理清自己的思緒，再次開口問道：

「米蘭喬大人！您為什麼要做這種事呢？」

面對他的提問，米蘭喬以若無其事的語氣回應。

「我打算讓這個國家滅亡。」

這一刻，別說是德魯西，希琳和負責護衛她的騎士也不禁懷疑起自己的耳朵。

她並非要奪取伯斯王國、也不是企圖成為掌權者——只是想毀滅這個國家。

藏在米蘭喬這句話之下的深沉憎恨，希琳和德魯西都感受到了。

「說什麼傻話呢！您瘋了嗎？米蘭喬大人！」

「呵呵呵……我的願望從來不曾改變。」

（為何米蘭喬大人會如此憎恨伯斯陛下的國家……）

在德魯西的記憶中，米蘭喬應是打從內心景仰伯斯王才對。

而伯斯王也相當珍惜呵護這樣的她。

然而，她為什麼——德魯西怎麼也無法理解米蘭喬的意圖。

所以，他忍不住問了。

「阿庇司！你為什麼要聽從這種人指使？」

面對被破壞欲望沖昏頭的米蘭喬，你為何還能服從她？

他試著明白昔日同袍真正的想法。

「你說……『這種人』？」

阿庇司的眼神透露出怒氣。

「我早已宣誓效忠米蘭喬大人了！我之所以能夠不斷變強，強到被封為『國王之槍』，全都是託米蘭喬大人的福！她鼓舞我懦弱的心，引領我面對戰鬥……絕不許你貶低我的恩人！」

直到前一刻，和德魯西對峙時，一直顯得有些怯懦的阿庇司，聽到侮辱米蘭喬的發言後，就好像是自己被侮辱般扯開嗓子怒吼。

或許是受到他的怒氣影響，原本只是待在遠方盯著希琳一行人的魔獸，開始一頭接著一頭地朝他們靠近。

為了保護希琳，德魯西和其他騎士團團將她圍住，擺出備戰的架勢。

感受著毫不隱藏敵意的魔獸散發出來的壓迫感，一行人的呼吸開始變得淺而急促。

在片刻的寂靜後——

「嘎吼！」

一頭魔獸高高躍起。牠露出尖牙、伸出利爪，朝希琳撲了過去。

「不會讓你得逞！」

德魯西迅速繞到魔物前方，將手中緊握的短刀刺進魔獸的體內。

連續刺了兩、三刀之後，頭部濺出鮮血的魔獸終於不支倒地。

解決一頭了——但德魯西仍緊盯著周遭的動靜，絲毫不敢大意。

負責保護希琳的另三名騎士，此時也正好擊退了施展第一波攻擊的魔物。

「哈！什麼啊，根本沒啥了不起嘛！」

成功打敗魔物的亢奮感，讓其中一名騎士驕傲地道出不屑的發言。

「蠢才！」

另一名騎士出聲指責他過分大意的言行。

「剛才那波攻擊，已經讓他們明白我們武器的攻擊範圍了。接下來才是關鍵……」

「安……」

被希琳喚作安的這名騎士，是負責統領其他騎士的隊長。

要應付這麼一大群魔獸，真的沒問題嗎——安彷彿聽見希琳這樣的心聲，於是背對著她開口說道：

「包在我們身上，希琳。我們絕不會讓這些魔獸碰到妳一根手指。」

語畢，騎士們再次開始和魔獸對峙。

然而，魔獸們遲遲沒有發動下一波攻擊。

牠們像是試圖找出德魯西一行人的破綻那樣，慢慢縮小包圍網。

「……打算一起攻過來嗎？」

看穿魔獸意圖的德魯西——決定將計就計。

他刻意放鬆戒備，朝成群魔獸踏出大膽的一步。

「嘎吼吼吼吼——！」

下個瞬間，好幾頭魔獸同時朝德魯西撲來。

從正面、從旁邊、從上方——德魯西的身影完全埋沒在魔獸之中，大量鮮血也跟著噴濺四射。

「德魯西！」

希琳不禁尖叫出聲。

不過，倒地的卻是發動攻勢的魔獸們。

牠們渾身是血，痛苦地縮起身子。站在這些魔獸正中央的，則是整個身體生著尖刀的德魯西。

即將被魔獸們壓垮的前一刻，他將藏在全身上下的無數尖刀伸出。

「之前的戰鬥，讓我學到不少啊……」

這是德魯西基於和魔獸戰鬥的經驗，特地準備的最後王牌。

「別太大意。只要堅信自己會贏，懷著這樣的信念戰鬥，就一定會贏。」

「……不愧是德魯西。」

從城牆上方觀看德魯西和其他騎士奮戰的光景後，米蘭喬這麼輕聲開口。

「不過，我可以想像德魯西耗盡力氣死去，以及希琳渾身是血的模樣。無論再怎麼奮鬥，他們終究無法逃過死劫。」

聽著米蘭喬語氣平淡的發言，將魔鏡捧在懷裡的阿庇司只是默默點頭。

「哦，挺有兩下子的嘛。」

「喀喀喀，很有意思啊。」

阿庇司身後傳來人聲。

是米蘭喬從冥府放走的囚犯——布萊克和瑞德。

基剛特斯和冥府劍王歐肯，也在這兩人後方遠眺德魯西等人的戰鬥。

「也讓我們加入吧。」

語畢，布萊克隨即跳下城牆。瑞德也跟上他。

原本在應付魔獸的德魯西隨即發現了這兩人。

「是援軍嗎……」

看到新的敵人登場，德魯西一行人臉上浮現緊張的神情。

「喂，我要殺了這三人，叫這些魔獸讓一讓吧。我可不想一起變成牠們的攻擊目標。」

以像是在品頭論足的眼神打量過騎士們後，布萊克朝城牆上方這麼喊道。

「無妨，那我就指示魔獸去攻擊希琳。」

鏡中的米蘭喬開始以手指劃圈圈，隨後，魔獸們失焦的雙眼，視線紛紛投注到希琳身上。

「可惡！」

安隨即想衝向希琳身旁，卻被布萊克和瑞德攔下。

「妳打算上哪兒去啊？」

「哼嘿嘿……」

看著露出猥瑣笑容的布萊克和瑞德，別說是安，其他騎士也被迫了解到：

若是背對這兩人，肯定會被殺掉——他們的本能這麼發出警示。

騎士們只能將希琳的護衛任務交給德魯西，集中精神對付眼前的敵人。

安開口激勵有些退縮的另外三名騎士。

「你們給我好好打倒眼前的敵人！沒問題的，他們是百分之百打得贏的對手！」

「……妳說什麼？」

聽到這番侮辱的發言，布萊克的表情變得扭曲。

「好，要上嘍！」

在安的一聲令下，騎士們開始跟布萊克和瑞德交手。

人數占上風的他們，讓布萊克和瑞德無力招架。

一人對付布萊克，另一人對付瑞德，剩下的一人再從死角發動攻擊。

安則是從一旁投擲飛刀，藉此掩護夥伴，同時引誘布萊克和瑞德露出破綻。

單純以力量而言，是布萊克和瑞德占上風，但騎士們透過團結合作的方式，順利牽制住他們的行動。

行得通——安和其他騎士都這麼想。

他們深信，若是繼續採行這樣的戰術，就能贏過這兩人。

然而——湧現這樣的想法，是錯誤的開始。

安等人的思緒慢慢被隱約浮現的勝算占據，因此沒能及時察覺「那個」的出現。

「……嘿嘿嘿！」

這時，布萊克和瑞德高高跳起，和騎士們拉開一大段距離。

下一刻，一個巨大的身影籠罩了企圖追上兩人的騎士們。

從城牆上方跳下來的基剛，直接將騎士們踩在他巨大的腳掌下。

「怎……怎麼會……」

在一段距離外的安雖然平安無事，但這並不值得開心。

勝負在一瞬間分曉。

過於強大的力量，輕易摧毀了騎士們合作無間的行動。

轟轟——基剛抬起將騎士們踩扁的腳，再用手上那把巨槌使出一記橫掃。

身穿盔甲的三名騎士，彷彿輕飄飄的落葉那樣被掃向半空中。

布萊克和瑞德再次逼近。

光是要對付這兩人，便讓安等人使出渾身解數；再加上基剛特斯的突襲，現在，他們可說是完全無計可施了。

「……」

安沉默地望向德魯西。

德魯西以嚴肅的表情輕輕點了點頭。

接著，他將手指放進口中，吹出一陣尖銳的口哨聲。

「咦！」

下個瞬間，希琳所騎的戰馬突然嘶鳴一聲，隨後便背對德魯西和安，朝來時路狂奔而去。

「德魯西！安！」

希琳轉頭急切地呼喚兩人。

「我們不會有事的！希琳，妳快逃！」

被魔獸包圍的安這麼回應。

她和德魯西陸陸續續撂倒企圖上前追趕希琳的魔物。

德魯西以蠻力毆打魔獸，安則是以飛刀攻擊魔獸的要害。

光是讓希琳脫身，便已經耗盡兩人所有的力氣。

託他們的福，希琳沒有被捲入戰鬥之中，逐漸遠離了危險區域。

然而，不打算讓一行人如願的最後一人開始行動——是歐肯。

他降落在逃亡的希琳前方，瞬間就是一記突刺。

因為太突然，來不及閃避的希琳被刀刃劃過手腕。

「！」

或許是動脈被砍斷了吧，大量鮮血跟著湧出。

希琳隨即以另一隻手按住傷口，對自己施展治癒魔法。

這讓她及時撿回一條命。

一口氣施展出強力魔法，讓希琳陷入極度疲倦的狀態。面對這樣的她，歐肯興奮得渾身打顫。

看在希琳眼中，歐肯臉上的面具彷彿在笑。

「希琳！」

原本忙著和魔獸戰鬥的安，在此刻發現希琳陷入危機。

她將對付基剛和魔獸的任務交給德魯西，使出全力衝向希琳身旁。

同時，她對企圖再次攻擊希琳的歐肯射出好幾把飛刀——這些飛刀精準命中了歐肯面具上雙眼和嘴巴的空洞。

被飛刀刺中的歐肯癱坐下來。安看也不看他一眼，匆匆趕往希琳身邊。

「我……我沒事！」

希琳氣喘吁吁地這麼說。確認她沒有大礙後，安也終於鬆了一口氣。

然而，威脅並沒有消失。

噗滋、噗滋——噗滋。

歐肯自行將刺進面具裡的三把飛刀拔了出來。

緩緩起身的他朝兩人逼近，一舉一動看起來彷彿完全沒受過傷。

安轉身望向他的瞬間——歐肯的劍劃過她的頸子。

歐肯揮劍的力道，讓安的身子整個扭轉，噴濺出大量鮮血後倒地。

「安！」

只看一眼，希琳就明白這是致命傷。要是不趕快替安治療，她絕對會喪命。

朝持續往這裡靠近的歐肯瞥了一眼後，希琳握住韁繩，駕馬朝他直直衝過去。

歐肯舉劍的瞬間，希琳巧妙地操控轠繩，讓馬兒繞到他的後方。

待歐肯轉身，希琳隨即將手掌伸到他的面前。

「聖光！」

伴隨希琳的吶喊，她的掌心釋放出炫目的光芒。

雖然只是用來暫時剝奪敵人視力的魔法，但效果卻出奇地好。歐肯以手掩面，上半身也大大往後仰。

不能錯失這個好機會——希琳跳下馬，火速趕往安的身旁。

她脫下安身上的盔甲和頭盔。

「安！」

因為喉嚨被砍中，每次呼吸時，鮮血都不斷從安的口中溢出。

「嗯嗚嗚嗚嗚！」

希琳將雙手伸向安，對她施展治癒魔法。為了治好她的傷勢，希琳竭盡自己所有的力氣。

像這樣拚命施展魔法後，安頸子上的刀傷終於癒合了。

「呼……呼……呼……」

但不顧一切地連續使用魔法，讓希琳精疲力盡到幾乎立即就會暈厥。

她的視野開始變得模糊，眼前所見的景象彷彿蒙上一層霧氣。

「……不行！」

她還不能倒下──希琳從盔甲的頸部開口拉出一根吸管，然後含進口中。

這根吸管和她藏在盔甲裡頭的魔法藥水袋相連。

保險起見而帶上的補給用藥水，現在剛好派上用場。

將袋子裡的魔法藥水一口氣飲盡後，希琳總算恢復些許元氣。

這樣就能繼續行動──然而，這樣的想法也只維持了一瞬間。

「啊啊……怎麼會……」

現在，她已經陷入被魔獸團團包圍的狀態。

希琳匆匆朝德魯西所在的方向望去，發現他仍在和基剛奮戰。

面對不停揮舞巨槌的基剛，德魯西完全沒有退縮──然而，兩人的臂力差異，仍是怎麼都無法彌補的。

被巨槌擊中、打飛、壓扁……幾乎已經變得意識模糊的德魯西，沒有能力再趕過來營救希琳。

安仍處於瀕死狀態，希琳本身也沒有戰鬥能力。

結束了嗎——放棄的念頭從希琳腦中閃過。

不過，她仍選擇撐下去。

「不行！不行不行！我不能死！我還得……還得把戴達救出來才行呀！」

她為什麼要來到這裡？為什麼要冒這麼大的危險？

都是為了自己的孩子，為了拯救遭到親生父親背叛的可憐吾兒。

在順利救回戴達之前，無論發生什麼事，她都不能放棄——希琳鼓起勇氣，面對眼前的難關。

咕嚕嚕嚕嚕——然而，魔獸們不可能理解身為人母的心情。

包圍希琳的魔獸們無情地朝她逼近，逼近到只要一個飛撲，就能輕易撕裂她的頸子的程度。

希琳的性命岌岌可危——本應是這樣才對。

唰——伴隨一陣巨響，某個東西重重落在希琳眼前。

是一把長槍。

這把長槍貫穿了正準備撲向希琳的幾頭魔獸，然後深深刺進地面，被串在一起的魔獸也因此動彈不得。

「希琳殿下！」

這聲呼喚讓希琳抬起頭。

阿庇司從城牆上方探出上半身。

「希琳殿下！趁現在！」

希琳一瞬間猶豫了。已經倒戈的阿庇司，他所說的話真能相信嗎？

要是她因此轉身逃跑，這次會不會真的被殺掉？

然而，她沒有多餘時間煩惱了。

歐肯不知道何時會恢復視力，現場也還有許多頭虎視眈眈的魔獸。

繼續逗留在這裡的話，她終究還是會被殺掉吧。

在救回戴達之前，她絕不能被殺死——因此，希琳做出決定。

她死命拖拉昏厥的安的身體，選擇從這裡逃走。

「阿庇司……」

目睹阿庇司出手拯救走投無路的希琳，米蘭喬以帶點憐憫的嗓音呼喚他。

「也是呢……你沒有憎恨他們的理由……畢竟你們過去曾是夥伴……」

她沒有譴責阿庇司的背叛行為，反而像是在安慰他似地開口。

「……也罷。在這種狀況下，德魯西究竟能拯救希琳脫離險境，還是會力盡而亡……看在你的份上，我就等他們一下吧。」

語畢，鏡中的米蘭喬舉起手，原本逼近希琳的魔獸們也因此停下動作。打倒三名騎士之後，看起來一臉遊刃有餘的布萊克和瑞德，瞥見魔獸們反常的模樣，也不禁露出疑惑的表情。

「米蘭喬大人……」

「所以，不准你再背叛我。」

我不會原諒你第二次——這是米蘭喬的言下之意。

「是……」

阿庇司順從地回答。

為了拯救希琳而射出長槍，是他在一念之間的行動。他完全沒有考慮後果，只是在來自內心的那股單純衝動驅使下，做出這樣的行為。

他已經什麼都做不到、也不會再次出手了——阿庇司在內心這麼發誓。

接下來，他只能當個旁觀者。

默默看著選擇了和自己不同的保護對象的過去同袍們，最後迎來的結局。

「德魯西————！」

—•—•—•—•—•—•—•—•—•—•—

這聲呼喚將德魯西的意識拉回現實。

被基剛的巨槌壓制住的他，努力讓自己振作起來。

「我豈能……在這種地方倒下！」

儘管肉體早已瀕臨極限，他仍憑藉毅力對自己的四肢使力，抬起上方的巨槌，然後站起來。

「哼——哈！」

德魯西猛力將巨槌扔向基剛，意外吃了這記攻擊的基剛整個人被打飛。

發現原已不支倒地的德魯西復活，布萊克、瑞德和魔獸們全都慌了手腳。

「希琳殿下！」

看到拖著安的身體準備逃跑的希琳，德魯西連忙朝她直奔過去。

他奮力打跑企圖包圍希琳和安的魔獸，站在兩人後方保護她們。

「德魯西！」

德魯西僅以視線回應希琳又驚又喜的呼喚，接著便陸陸續續擊退來襲的魔獸。

他完全不顧自身安危，甚至可說是憨直的攻擊方式，讓戰況呈現一面倒的狀態。

德魯西的攻擊愈是猛烈，愈能讓魔獸的注意力從希琳轉移到他身上——也因此，這樣的他，已經完全放棄了防禦或閃躲。

魔獸們的利爪和尖牙，撕裂、貫穿了他的肩膀、手臂和雙腳。

德魯西試著忽略接二連三傳來的劇痛，持續攻擊眼前的魔獸。

一頭又一頭的魔獸被他打倒在地。

然而——魔獸的數量實在太多了。

比起魔獸們減少的數量，牠們在德魯西身上留下的傷口遠來得更多。

他的動作慢慢遲鈍下來，拳頭也變得無力。

這樣的他，恐怕已陷入寡不敵眾的狀態。

魔獸從上方壓在德魯西身上，又緊緊咬住他的四肢，讓他動彈不得。他就這樣臉朝下被壓倒在地。

「嗚……嗚唔唔唔……」

儘管已經不剩半點重新站起來的力氣，他仍沒有放棄保護希琳。

若是自己不再抵抗，魔獸們想必就會轉而攻擊希琳等人。他絕對得避免這樣的事態發生。

就算這副軀體已經無能應付戰鬥，他也不能讓內心的鬥志消弭。

阿庇司和米蘭喬站在城牆上方，靜靜遠眺著德魯西的身影。

「……已經夠了吧。走了。」

米蘭喬像是宣布結局那樣開口。

「米蘭喬大人……」

「他們就到此為止了。接下來上演的，只會是悽慘無比的光景……這樣你還能繼續看下去嗎？」

沒有必要親眼目睹希琳和德魯西的死狀——這是米蘭喬展現出來的最小限度的慈

悲。

然而，阿庇司沒有動作。

他發誓要效忠米蘭喬，可是，他並不憎恨希琳或德魯西。

該捨棄他們、還是出手拯救他們？

內心的激烈糾葛，讓阿庇司進退兩難。

「……是嗎？你決定與我為敵？」

看到阿庇司並未服從自己的指示，米蘭喬開口這麼問。

她的語氣中沒有責備或失望，純粹是在確認阿庇司的意圖罷了。

「不！怎麼會呢……」

在苦惱過後，阿庇司選擇退出。

「我會追隨米蘭喬大人。」

「……是嗎？」

米蘭喬的嗓音平淡依舊。

「可是，米蘭喬大人，您為何執意對希琳殿下……」

「……我想成為伯斯陛下的助力，我想實現那位大人的夢想。」

道出伯斯名字的瞬間，米蘭喬的語氣變得溫柔了一些。

但也只有一瞬間。

「為此，他不能有家人，我會消滅阻撓那位大人實現夢想的存在。戴達陛下的肉體，現在已經是伯斯陛下的東西了。這點想必也讓希琳倍感煎熬。一切遲早都得做個了斷。」

米蘭喬做出決斷的嗓音十分冰冷。

「阿庇司，你已經仁至義盡。到此結束了……這是一場屬於我的戰爭。走了……」

「……是。」

阿庇司點頭後轉身。視線從德魯西等人身上移開，揣著魔鏡朝城裡走去。

就在這時——

「德魯西！啊……啊啊……救救我們……請您救救我們，伯斯陛下——！」

希琳的尖叫聲傳來，這跟她過去發出的尖叫聲都不一樣。

那是個胸口幾乎要被恐懼和悔恨撕裂，悲愴不已的尖叫聲。

阿庇司不自覺地轉頭。

德魯西的左腳，被魔獸啃食成碎片。

「！」

反射性地想停下腳步的阿庇司，最後仍選擇繼續往城內前進。

都結束了——他試著這麼說服自己。

—•—•—•—•—•—•—•—•—•—•—

德魯西以毅力強忍住左腳傳來的劇痛。

駭人的出血量逐漸奪走他的體溫和意識。然而，為了保護希琳，堅持不能倒下的他，仍竭盡力氣在戰場上死撐。

「嗚……嗚！哼哼哼……託你的福，我又能奮力一搏啦！」

因為左腳被咬斷，原本壓制著這隻腳的魔獸，現在反而無法牽制德魯西。

露出自信的笑容後，德魯西使勁撐起身子，揮拳痛毆其他壓在自己身上的魔獸。

他的體力不斷在流失，得趁還動得了的時候殲滅這些魔獸才行。

德魯西放棄考慮之後的問題，只是卯起來戰鬥。

為了至少多打倒一頭魔獸，為了減輕希琳的危機。

一頭又一頭的魔獸倒在他的亂拳之下——但寡不敵眾的情況並沒有改變。

「要是我倒下了，希琳殿下就……」

噗滋——他的肩頭傳來一陣令人不快的聲響。

從後方緩緩逼近的魔獸，將尖牙深深刺進德魯西的身體。

「啊啊！德魯西！德魯西！」

希琳被絕望吞噬的表情，倒映在德魯西的雙眼之中。

（不行……我可是希琳殿下的守護盾啊……）

身為守護盾，豈能讓必須保護的重要之人露出不安的表情呢。

被魔獸咬住的德魯西朝希琳露齒一笑。

「我不要緊的。所以，請您趁現在逃走吧……請您……快點逃……」

試著以爽朗態度道出這句話的德魯西，嗓音卻已經氣若游絲。

「德魯西……你竟然為了我……」

希琳被迫在此刻做出選擇。

她該聽從德魯西的指示，頭也不回地逃跑，還是——

（……這還用問嗎！）

希琳毫不猶豫地朝德魯西衝過去。

「我會在一瞬間治好德魯西的傷勢，讓他復活。至於接下來的事情，我才不管呢！」

她唯一能夠確定的，就是自己絕不能在這裡拋下德魯西逃走。

為了希琳，德魯西甚至願意賭上自己的性命。她可不能讓他白白在這種地方犧牲——這樣的想法占據了希琳的腦袋。

「啊啊……希琳殿下……」

看到朝自己直奔過來的希琳，德魯西不禁露出開心卻又悲傷的笑容。

魔獸們朝毫無防備地逼近希琳。沒有戰鬥能力的她，不可能擊退這些魔獸。

不過，在這一刻——地面突然迸裂。

「嘰啊啊啊啊啊！」

從裂縫鑽出地表的，是一條生著三顆頭的巨蟒——密茲瑪達。

因為這樣的光景而愣在原地的魔獸，隨即被密茲瑪達甩動尾巴打飛。

暫時讓希琳脫離險境的密茲瑪達，轉頭望向以吃驚的表情仰望自己的她。

「請您別害怕，希琳殿下，我是過去被您和波吉殿下拯救的那條蛇。」

密茲瑪達的這句自我介紹，讓希琳想起在波吉年紀還小時，自己曾和他一起為一條小蛇療傷的回憶。

當年的瘦弱小蛇，與眼前這條巨蟒看起來完全不像；但密茲瑪達柔和的眼神，確實讓希琳聯想到過去那條小蛇。

「請您先拯救一旁這位大人，接下來是我的工作！」

說著，密茲瑪達開始吸引魔獸們的注意力，為希琳爭取時間。

「哼唔！力——量——！」

希琳朝倒在地上的德魯西伸出雙手，從她的掌心釋放出來的光芒，籠罩了德魯西的身體。

她一邊牛飲剩下的魔法藥水，一邊施展治癒魔法。

這樣的魔法不僅對德魯西起了作用，甚至還影響到他身邊的土地。

重拾生命力的土壤，開始孕育出無數的植物嫩芽。

在治癒魔法的洗禮下，德魯西身上的傷口慢慢癒合。

他不再流血，原本痛苦的呼吸也和緩下來。

「啊啊！德魯西！」

看到德魯西順利保住一命，希琳欣喜地緊擁住他的身體。

然而，這樣的安心感沒有持續太久。

「咕啵——！」

基剛正準備朝這兩人揮下手中的巨槌。

「糟糕！」

儘管察覺到這一點，但密茲瑪達跟兩人的距離太遙遠了。

基剛的槌子無情地重擊地面——但兩人在千鈞一髮之際避開了。

在密茲瑪達的指示下，無數條小蛇湧至希琳和德魯西身邊，扛起他們的身體迅速離開現場，兩人也因此躲過基剛的攻擊。

「我不會讓你對他們出手！」

密茲瑪達將粗壯的尾巴甩向基剛的後腦勺。

這一擊讓基剛高大的身軀趴倒在地。

然而，對基剛特斯而言，這無法成為致命一擊。

隨即重新站起來的他，一把掐住密茲瑪達的尾巴，使勁將牠抓起來甩圈。

密茲瑪達巨大的身軀劃過半空。

隨後，牠被基剛直接重重甩在地上。在強大離心力的加乘作用下，整個身體猛烈撞擊地面的密茲瑪達，口吐鮮血暈了過去。

基剛以冰冷的眼神俯瞰變得一動也不動的牠。

為了給密茲瑪達最後一擊，他再次高高舉起手中的巨槌。

——•——•——•——•——•——•——•——•——•——•——

從外頭傳來的尖叫聲和巨響，讓伯斯睜開眼睛。

「……是希琳嗎？」

占據了戴達肉體的他，現在被綁起來關在地牢裡頭。

來自冥府的囚犯們奪取了他的王國，然後將他關進牢裡。

本應有能力反擊的伯斯，卻完全沒有抵抗，任由這群囚犯擺布。

他想讓米蘭喬做她想做的事——伯斯是這麼想的。

然而，聽到希琳的尖叫聲，他不禁有些激動。

伯斯對自己的上半身使力，輕而易舉地撐斷原本綁著他的繩子。

他得去救她才行——這樣的想法從伯斯腦中閃過，但他隨即冷靜下來。

握著牢房鐵欄杆的他，腦中的思緒開始翻騰。

伯斯思考的對象不是希琳，而是米蘭喬。

「米蘭喬……」

兩個米蘭喬的身影在他心中交錯。

請您再生一個孩子吧——這麼央求伯斯，然後推薦希琳為他的王妃的米蘭喬。

我要殺死希琳——冷酷地這麼宣言的米蘭喬。

她的所作所為乍看之下互相矛盾，實際上卻是徹頭徹尾在為伯斯著想——而伯斯本人也很明白這一點。

這樣一來，若是前往拯救希琳，他便等於背叛了米蘭喬。

「……」

伯斯鬆開握著鐵欄杆的手，再次走回牢房正中央坐下，然後閉上雙眼。

第七章．波吉的力量

「波吉……從冥府溜出去的一群囚犯，現在似乎正打算奪取你的祖國……」

從冥府一路朝伯斯王國前進的冥府騎士團——跟其中一名騎兵共乘一匹馬的我，這麼對坐在另一匹戰馬上的波吉開口。

波吉之前一直在冥府接受德斯帕先生的修行指導。在他學成出師後，冥府騎士團的隊長捎來這個消息，於是，我們便和冥府騎士團一起火速趕往伯斯王國。

雖然耳朵聽不見，也無法說話，但波吉能透過讀唇語的方式理解我所說的話。明白自己的祖國陷入危機後，他的臉色一下子變得蒼白。

「別這麼擔心，德斯帕大人也會動身前往。」

率領大批騎兵前進的隊長開口。

「德斯帕先生也會過去？」

先前在冥府目送我們離開的德斯帕先生，之後也會過來幫忙——得知能再跟他見到面，我的語氣不禁亢奮起來。

「喂，波吉！隊長說德斯帕先生也會來呢！」

聽到我這麼說，波吉的雙眼恢復了生氣。

「德斯帕大人的聰明才智，是絕對必要的。」

「聰明才智啊……」

德斯帕先生確實是個很有智慧的人。他確實將戰鬥的力量賜予長年被人們斷言「無法變強」的波吉；在德斯帕先生指導下，波吉學會了只有他才做得到的戰鬥方式。

如果有德斯帕先生在，就可以放一百個心了。

在我思考這些的時候，位於山丘另一頭的王城出現在視野之中。

「看到王城了！快衝！」

我大聲地催促馬兒。

—・—・—・—・—・—・—・—・—・—・—・—・—

穿越城鎮入口處的大門後，我們踏進伯斯王國。

看到大批騎在馬上的騎士浩浩蕩蕩地出現，鎮上的居民或許是嚇到了吧，紛紛發出尖叫聲抱頭鼠竄。

（不……不對……）

他們驚駭的反應不太尋常——我的直覺這麼告訴自己。

看到一大群陌生士兵突然闖進鎮上，會吃驚或不知所措也很正常。

不過，最先湧現的感情，應該不至於是強烈的恐懼才對。

（居民害怕的不是我們……在我們抵達之前，就已經有「某個存在」讓他們懼怕成這樣了！）

而我們也馬上發現了那「某個存在」。

我們所在的這條通路另一頭，有個傢伙直挺挺地站在路中間。

那是個從頭到腳都包覆在盔甲之下的人類。

鮮血不斷從他握在手裡的劍滴落，他的身邊也有好幾名倒地不起的士兵。

這傢伙就是讓居民們恐懼不已的對象吧。

「歐肯大人……」

隊長以顫抖的嗓音這麼開口。

歐肯——我記得這是從冥府逃脫的囚犯之一的名字。

印象中，他被喚作劍王歐肯。

（這傢伙一定很難對付吧……）

打倒這麼多名士兵，看起來卻毫髮無傷的他，想必不是一般士兵能夠應付的對手。

被隊長傳染緊張情緒的我，忍不住微微顫抖起來。

「……」

歐肯的注意力只在我們身上停留了一瞬間，下一刻，他隨即開始攻擊鎮上的居民。

街道上再次被慘叫聲淹沒。

這下可不能袖手旁觀了，得趕快讓那傢伙停手才行。

「波吉！用你的力量……」

「波吉殿下，請您趕往王城！去那裡保護希琳殿下！」

隊長這麼打斷我的發言。

「為什麼啊，隊長！歐肯不是很強嗎？讓波吉跟你們並肩作戰絕對比較好啦！」

我覺得自己這番說法很合理，但隊長卻搖了搖頭。

「……不行，不能讓波吉殿下和歐肯大人交手。」

「為什麼？」

波吉已經變強了。

他掛在腰間、收在劍鞘裡的那把細劍——有這把劍，無論是多硬的東西，波吉都能將其粉碎；無論是多巨大的對手，波吉都能讓他昏厥。

波吉已經得到了守護他人的力量。

要是現在不發揮這股力量，要等到什麼時候啊！

「……這是德斯帕大人的囑咐，他說……歐肯大人是好比波吉殿下的天敵一般的存在。」

「天敵……」

所以波吉打不贏他嗎——我錯愕不已。

可是，既然協助波吉鍛鍊的德斯帕先生都這麼說了——這想必屬實吧。

（連波吉都無法打倒的天敵……可惡！光想就覺得好可怕啊。）

不過，既然事實如此，再多說什麼也沒意義。

「波吉！隊長說這裡交給他們，我們去保護那個老太婆！」

聽到我轉達的隊長指示，波吉露出吃驚的表情，輪流望向隊長和歐肯好幾次。

波吉原本想必也打算跟隊長他們一起應戰吧。

關於歐肯是他的天敵一事，我還是不要告訴波吉好了。這樣只會無謂地讓他感到不安。

「走吧，波吉！那麼多士兵都被歐肯打倒了，負責保護希琳的人力一定也不夠充足！」

聽到我的催促，終於下定決心的波吉點點頭。

我們衝刺經過歐肯身旁，迅速趕往王城。

開始討伐歐肯大人——隊長的吶喊聲從遠處傳來。

—・—・—・—・—・—・—・—・—・—・—・—・—

朝王城全速奔跑的途中，我們聽到一陣長嘯。

「波吉，這邊！」

匆匆趕往聲音傳來的方向後，出現在視野之中的——

「糟……糟啦！」

是基剛特斯高高舉起手中巨槌的光景。

他瞄準的目標是——

「是密茲瑪達！波吉！密茲瑪達有危險！」

我的話才剛說完，波吉隨即展開行動。

他衝向基剛特斯身後，拔出腰間的細劍，朝他的脖子戳了一下。

下個瞬間，基剛特斯先是變得全身僵硬，接著開始顫抖，最後臉部朝下趴倒在地。

（波吉果然很強！）

不對，現在不是佩服他的時候。密茲瑪達的傷勢看起來很嚴重，得趕快為牠治療才行。

我環顧周遭，正好發現了希琳。

讓她對密茲瑪達施展治癒魔法吧。

「喂，希琳！」

「呀哇！」

被我這麼一喊，她發出像是腦袋不正常的尖叫聲。

「快點快點，別慢吞吞的！」

我直接拉著希琳的手，將她領向密茲瑪達所在的地方。

「啊嗚！啊嗚啊嗚！」

陪在密茲瑪達身旁的波吉，眼眶裡早已滿是淚水。

「波吉！」

我奔向波吉，讓他的視線移往希琳身上。

「！」

「波吉！」

發現彼此的希琳和波吉緊緊擁住對方。

（嗯……希琳果然是站在波吉這邊的呢。）

在一旁看著為重逢欣喜不已的兩人，我不由得這麼想。

「啊嗚！啊嗚啊嗚！」

不過，兩人開心的時光也只維持了一小段時間。眼中仍噙著淚水的波吉拉起希琳的手。

然後領著她走到密茲瑪達身旁。

請救救牠——波吉發自內心這麼懇求希琳。

「……對不起，波吉。」

就算無法以言語表達，波吉的心意應該也已經傳達給希琳；然而，希琳卻只是露出愧疚而陰鬱的表情。

「快點幫牠治療啊！」

聽到我跟著催促，希琳脫下身上的盔甲，向我展示她掛在身上的皮革藥水袋——袋子裡頭是空的。

「我已經把魔法藥水都喝光了……所以無法再施展魔法。」

這樣的晴天霹靂讓波吉僵在原地。

他奔向密茲瑪達身旁，不停地呼喚牠。

「請您別哭，波吉殿下……能遇見你們，我覺得非常幸福……」

「啊——！啊——！」

聽到密茲瑪達已經覺悟自身死期的發言，波吉嚎啕大哭起來。

看著即將在眼前上演的悲傷別離——現在該我上場了。

「給妳。」

我從嘴裡取出囤放在自己體內的魔法藥水，將它遞給希琳。

「我這裡還有很多呢！」

我吐出一瓶又一瓶的魔法藥水，將它們擺放在希琳面前。

我早就料到有可能遇上這種情況，所以，在離開德斯帕先生家之前，我事先吞下了好幾瓶魔法藥水，以備不時之需。

「啊呃！噎噎～」

「別鬧啦，波吉！現在道謝還早呢。等密茲瑪達的傷治好再說吧。」

我靦腆地接受了波吉開心撲過來的擁抱。

「拜託妳了，希琳。」

「我知道了。」

希琳一口氣將魔法藥水飲盡，然後將雙手伸向密茲瑪達。

「力量——！」

從她的掌心釋放出來的光芒，包覆住密茲瑪達的身體。

原本連呼吸都很痛苦的牠，狀況慢慢穩定下來。

「很好！很好喔！」

我跟波吉一起在旁邊為希琳加油打氣。

在眾人的注意力都集中在希琳和密茲瑪達身上時——突然有個巨大的黑影從上方籠罩我們。

我轉頭一看——發現那是一把足以填滿整片視野的巨大槌子。

「糟糕！波吉！」

聽到我的呼喚聲，波吉也馬上察覺到情況不妙。

他從劍鞘中拔出細劍——然後直直盯著從上方揮下來的巨槌，沒有因恐懼而移開視線——再以細劍施展一記突刺。

首先，是一瞬間的寂靜，接著是震動。

基剛特斯揮下的巨槌，被波吉的攻擊徹底粉碎、瓦解。

完全不明白發生了什麼事的基剛特斯，只是一臉茫然地愣在原地。

不過，他隨即抬起腳，企圖將波吉踩扁。波吉的細劍再次劃過半空中——被刺中要害的基剛特斯，就這樣整個人趴倒在地。

看到手中的槌子沒來由地碎成片片，基剛特斯想必也覺得莫名其妙吧。

但我很清楚剛剛究竟發生了什麼事。

（德斯帕先生有說過！這就是連鑽石都能夠粉碎的技巧吧！）

還在冥府修練時，德斯帕先生曾說過要讓波吉變得能夠打碎鑽石。

像鑽石那麼堅硬的東西，怎麼可能打碎它啊——我原本這麼想，但德斯帕先生表示，只要徹底分析對方，鎖定弱點加以攻擊的話，這並非不可能之事。

（波吉做到了！他確實發現了槌子最脆弱的地方！）

儘管沒有鑽石來得堅硬，但這把槌子相當巨大。能夠粉碎它的波吉，果然很厲害呢。

波吉，你真的很棒喔——我的內心欣喜不已，彷彿達成目標的人是自己一樣。

「波吉他……變得這麼能幹了呀……」

我望向一旁，發現希琳感動得眼眶泛淚。

希琳最後一次見到波吉，是目送他踏上旅途那時候；跟當初相比的話，現在的波吉想必給人脫胎換骨的感覺吧。

她會吃驚也是理所當然的。

「那孩子竟然變得能夠拯救他人……不對，他一直都會為了別人而努力，只是受限於自己的能力，所以無法做到什麼……之前那次也是……」

「之前那次？」

我不自覺地這麼問出口。希琳沒有望向我，只是眺望著波吉的身影，娓娓道出一段回憶。

過去，伯斯王國的城鎮曾發生過一場嚴重的火災。

因為火勢實在太猛烈，連成年人都害怕得不敢採取任何行動。

在這樣的情況下，波吉卻用一個小水杯裝水，為了滅火而努力來回奔走。

最後，伯斯以巨大桶子裝水，撲滅了這場大火，但波吉也為自己的無能為力感到相當不甘心。

「我原本希望那孩子能過著安穩、和平，不會遭遇任何危險意外的生活，不過……波吉比我所想的成長了更多呢……」

希琳再次對波吉投以慈愛而熱切的眼神，她的眼中彷彿完全沒有我的存在。

（就是啊！不過，最先發現波吉強大之處的可是我喔！這點我絕不會退讓！）

徹底享受過這樣的滿足感之後，我朝暈過去的基剛特斯靠近。

確認他尚未恢復意識後，我從嘴裡吐出一捆繩子，將他五花大綁起來。

好啦，這邊算是收拾完畢了。

接下來——喔？

我伸手戳了戳波吉的背。

「波吉，你看那邊！」

被希琳施以治癒魔法的密茲瑪達，現在緩緩起身了。

波吉隨即帶著燦爛的笑容朝牠直奔過去。

接著，他又緊緊擁抱替密茲瑪達治療傷勢的希琳。

希琳一瞬間緊張得全身僵硬，但看到波吉這樣使盡全力表達自己開心的感受，她也不自覺流露柔和的微笑。

然後溫柔地擁抱波吉。

（打擾這兩人不太好呢……）

我這麼想，然後朝密茲瑪達靠近。

「你看起來不要緊了。」

「是的，這都是託希琳殿下，當然還有波吉殿下的福。我不過是一條蛇，但那兩人卻為我擔心到這種程度……不管再怎麼感謝他們都不夠呢。」

「你才不只是一條蛇咧。對波吉來說，你是很重要的朋友啊。」

「……這是我無上的榮幸。」

密茲瑪達以充滿溫情的眼神望向波吉和希琳。

「波吉殿下之所以擁有一顆溫柔的心，一定是因為身邊總有願意擁抱他的人在吧……」

「……說得也是。」

我同意密茲瑪達的看法。

波吉的溫柔，是來自希琳的溫柔。

「他這樣的溫柔……想必也能夠拯救戴達陛下……」

密茲瑪達突然提及戴達的名字。

雖然不知道牠這番話是什麼意思——但我沒有繼續追問。

「話說回來……」

鬆開擁抱波吉的手之後，希琳朝我走近。

「你跟波吉是什麼關係？」

這麼說來，這是我第一次跟希琳面對面說話呢。

因為我之前都只是躲起來，暗中觀察她的行動而已。

「我叫做卡克，是波吉的朋友喔。」

聽到我是波吉的友人，希琳臉上一瞬間浮現笑容，但隨即又變成認真的表情。

「可是，你看起來不知道是什麼生物，還給人一種不祥的感覺呢。」

「妳說啥！」

我的外表看起來的確是這樣沒錯啦。

「關於你是波吉的朋友這點，我可得再問問波吉本人才行。不過……我現在就先認同你吧。」

「認……認同？」

這傢伙到底想說什麼啦。

我實在不明白希琳想表達的意思。

「來吧，宣誓你會效忠波吉。」

希琳突然以高高在上的態度這麼命令我。

「妳……妳說效忠？」

我感到一陣錯愕。

我跟波吉是朋友耶，是無話不談的朋友耶。

但妳——卻要我當波吉的家臣！

妳是想說我沒有和波吉並肩站在一起的資格嗎！

「宣誓你願意賭上自己的性命，來保護那孩子……」

「妳這個混蛋！」

看到希琳還打算繼續往下說，我忍不住朝她大吼。

「你……你說什麼！」

「怎樣！因為妳是個混蛋，我才會罵妳混蛋啦！」

我無法制止自己破口大罵。我陪著波吉一起努力到現在的日子，彷彿都被她給否定了。

這讓我很不甘、空虛、憤怒——也難過不已。

「希琳殿下。」

在我跟希琳被濃濃火藥味籠罩的時候，密茲瑪達試著開口打圓場。

「這位大人至今已經數度拯救過波吉殿下的性命，也總會從旁提示波吉大人正確的前行之路，可說是波吉大人的恩人。」

看到密茲瑪達這樣為我說話，我不禁愣住。

他怎麼知道我跟波吉一路上發生過什麼事？

不過，仔細想想，主張讓波吉前往冥府的人是貝賓，而貝賓又是密茲瑪達的主人。或許是他告訴密茲瑪達這趟旅途中發生過的大小事吧。

「這……這樣呀？」

希琳的表情變得有些尷尬。

「是的，這位大人十分了不起。」

聽到密茲瑪達這麼斷言，希琳收回方才投射在我身上的不友善視線。

她脹紅著一張臉，看似難為情地轉過頭去。

「德……德魯西！」

她開口呼喚隨侍在自己身旁的壯漢之名。

「是！」

「跟他說明我的立場，然後賠罪！」

看來，她似乎不擅長自己開口跟人道歉。

收到指令的德魯西來到我面前單膝跪地。

「非常抱歉，雖說是因為希琳殿下不清楚事情原委……但還請您原諒。」

看到他誠懇地當面道歉，原本火冒三丈的我也終於冷靜下來。

「……別在意啦。畢竟我長得這副德性，會被懷疑也是沒辦法的事。」

身為影之一族，我從不期待自己會討人喜歡。

可是，只有這件事我一定要說清楚。

「就算這樣，我也……真心把波吉當成自己最重要的朋友。」

我的這句話似乎確實傳達給希琳了。

她朝我靠近，緊緊握住我的雙手。

「我對你明明一無所知，剛才卻那樣妄下判斷……對不起。」

（咦……咦……？）

這種感覺是怎麼回事——我整個人好像變得輕飄飄的。

胸口深處有股暖意，名為喜悅的情緒不斷湧現。

被他人感謝，原來會令人感到這麼舒服嗎？

過去，無論成功偷到多麼昂貴的寶物，我都不曾有過這樣的感覺。

「希琳殿下個性非常溫柔。」

密茲瑪達這麼說。

「以前，在我一顆頭被砍斷、一顆頭的雙眼失明，變得遍體鱗傷的時候，也是她為我治療傷勢……為只是一條小蛇的我療傷。」

所以，她不會以外表來評斷或歧視他人——密茲瑪達像是在訴說過往那樣開口。

「還請您不要對希琳大人反感。」

「收到啦！」

我壓根兒不覺得希琳是個不好相處的人了。

因為我們重視波吉的心意是一樣的。

（對了，波吉現在在幹嘛……）

我轉頭尋找波吉的身影，發現他正擔心地看著倒在地上、看起來相當痛苦的那些魔獸。

從德魯西身受重傷的模樣看來，這些大概是先前被他打倒的魔獸吧。

「……牠們看起來很痛苦的樣子。」

我輕聲這麼向沮喪的波吉搭話。

以波吉的個性來看，只要眼前有人陷入痛苦之中，無論對方是誰，他都無法坐視不管。

即使對方是魔獸，牠痛苦煎熬的模樣，依舊會引起波吉的共鳴。

「……你們倆讓開。」

希琳來到我們身旁。

指示我和波吉遠離這些魔獸後，希琳在牠們前方坐下，伸出自己的雙手。

「哼！」

光芒從她的掌心向外擴散——是治癒魔法。

希琳似乎早就看穿了波吉內心的想法。

她依序對每頭魔獸施展治癒魔法。在傷口癒合後，魔獸們一頭接一頭重新站了起來。

（牠們會攻擊我們嗎……）

我內心湧現的不安，最後成了杞人憂天。

從地上爬起來的魔獸們，像是對飼主撒嬌的貓咪那樣上前磨蹭希琳的身體。

原本提高警戒的德魯西，在發現魔獸們沒有敵意後，也終於放鬆下來。

「看來，牠們先前似乎都是遭到洗腦的狀態。」

密茲瑪達這麼說。

（洗腦魔獸……這是誰幹的好事啊……）

那傢伙八成就是企圖奪取波吉祖國的主嫌吧。

也就是說，他才是真正的敵人。

得快點打倒他才行——就在我這麼想的時候。

咕哇——被繩索綑綁住的基剛特斯醒過來了。

發現自己被五花大綁，他一開始還有些焦急，但隨即便起身扯斷了我剛才緊緊綁住他的繩子。

「這個打不死的傢伙！」

我擺出備戰架勢，德魯西和希琳也是。

這樣的話，就由波吉再次讓他嘗點苦頭吧——呃，咦？

「……那傢伙在幹嘛啊？」

基剛特斯沒有對我們發動攻擊，只是站到波吉面前。

看起來顯得手足無措的他，似乎是想對波吉說些什麼。

但下一刻，基剛特斯突然跪下來，還將雙手按在地上，向波吉俯首稱臣。

我、德魯西、希琳和波吉全都愣在原地。

（他在幹什麼啊……這樣看起來簡直……）

像是在投降似的——想到這裡，我才恍然大悟。

「波吉！他認同你了！他認同你很強大！」

那個基剛特斯承認自己輸給了波吉的強大。

在自己的槌子被粉碎，又因為波吉的攻擊而暈過去後，他終於發現了——

發現波吉遠比自己要來得強的事實。

聽到我這麼說，波吉有些吃驚地圓瞪雙眼，但馬上又害羞得滿臉通紅。

「……等一下。」

希琳介入我們倆的對話。

「波吉，就算不用手語，你也能明白別人在說什麼嗎？」

「是嗎……妳不知道啊？波吉可以從別人嘴唇的動作，來解讀對方所說的話喔。」

「原來波吉還有這種特殊技能呀……」

這讓希琳大為吃驚。或許是想起自己過去以為波吉耳朵聽不到，就時常大聲怒罵他的行為了吧，她有些尷尬地垂下頭。

另一方面，自己不透過手語，也能明白他人在說什麼的事實被發現，好像也讓波吉很難為情，他有些不知所措地蜷起身子。

「既然這樣，我也把想說的話傳達給他吧……」

希琳朝波吉走近，將手按上他的背，示意他抬頭挺胸。

接著，她以另一隻手指著基剛特斯說道：

「你要表現得更有自信一點，不要質疑，而是好好接受這樣的自己。」

你應該以贏過基剛特斯的自己為榮——希琳這麼說。

我也同意這一點。

「就是啊，你可以更有自信喔。」

在我和希琳的鼓勵下，波吉握著細劍走到基剛特斯跟前。

他以細劍的劍尖輕觸基剛特斯的肩膀，我記得這是騎士宣誓效忠國王時會舉行的儀式。

「好~這樣一來，你就發誓要對波吉盡忠了。你叫什麼名字？」

「基基基……基剛……特斯。」

「基剛啊，我是卡克。然後呢，你的主子叫做波吉。請多指教嘍。」

「嗯噢！」

波吉也跟著打招呼——同時滿臉笑容地朝基剛伸出手。

「什麼？你說當朋友比較輕鬆？嗯……哎呀，也是喔！那就當朋友吧！」

既然波吉比較想跟基剛當朋友，那就不要用什麼主從關係來區別身分吧。

「給我等一下！」

在我們做出要跟基剛當朋友的結論時，希琳再次介入。

「波吉，如果你是一般人，這麼做還無妨，但你可是偉大的王族喲？必須秉持王族的尊嚴行動。除此之外……還得承擔這些人的責任才行。」

希琳這麼勸諫波吉。

她會這麼說，並不是因為壞心眼，或是基於身為王妃的優越感。

她是認真在教育波吉身為一名王族應有的覺悟。

（對喔……因為波吉的夢想是成為國王嘛。這樣的話，的確不能跟每個人都當朋友……）

事到如今，我才體會到成為國王，原來是一件很不自由的事情。

我知道希琳想表達的意思，也能理解。

不過──

「這跟我沒關係喔！對我來說，波吉就是我的朋友！過去是這樣，以後也是這樣！」

「嗯！」

「因為我是一般人啊！所以波吉就是我的朋友！」

聽到我這麼說，波吉重重點頭。

明白波吉將我視為他的朋友，讓我開心得不得了。

──・──・──・──・──・──・──・──・──・──・──・──・──

眼前的問題暫時都解決完畢後，希琳將這個國家發生的事一五一十地告訴我和波吉。

聽到伯斯王以占據戴達肉體的方式復活，我一開始還覺得難以置信。

我從來不曾聽過死人復活這種奇蹟。

可是，因為希琳和德魯西都這麼說，看來也只能相信了。

這件事情的背後，疑似跟名為「魔神」的存在脫不了關係，但我實在搞不懂是怎麼一回事。

「我們不在國內的時候，原來發生了這麼不得了的事情啊……」

匆匆忙忙趕回來果然是正確的。

波吉的祖國差點在他完全不知情的情況下滅亡。

討論完今後的行動計畫後，我們決定先讓這些遭到洗腦的魔獸返回冥府。

根據密茲瑪達的情報，冥府的入口似乎位於王城地底。

就連希琳也不知道這個入口的存在。

不過，更驚人的是密茲瑪達接著道出的情報。

「多瑪斯大人目前正在前往冥府入口的路上。他要去破壞那個入口。」

「多瑪斯為什麼要這麼做？」

希琳問道。

「似乎是受伯斯陛下之命。」

「伯斯陛下的命令……意思是，多瑪斯也徹底變成我們的敵人了嗎？」

希琳看似不甘地將雙手緊緊握拳。

接著，她轉身面對波吉。

「波吉，你沒關係嗎？要是見到多瑪斯……」

在之前的旅途中，多瑪斯曾把波吉推落冥府的大洞。希琳想必也聽說了這件事吧。

讓波吉和多瑪斯重逢的話，她擔心波吉內心會產生動搖。

「不要緊的啦！」

看著臉色有些發白的波吉，我重重拍了他的背一下。

「波吉，這或許會讓你很煎熬，可是，我們得讓這些魔獸回到冥府才行……對吧？」

被我重拍之後，波吉一開始還愣在原地，但聽完我這句話，他重重點頭。

「沒問題的。你已經變強了，不再是之前那個你。更何況……」

我敞開雙臂。

希琳、德魯西、密茲瑪達、基剛，還有魔獸們——大家全都注視著波吉。

「更何況……你還有我們啊！」

因為這句話而重拾自信的波吉，露出心中迷惘一掃而空的微笑。

沒錯沒錯，你並不是孤單一人喔。

我可不會再讓多瑪斯為所欲為了。

「波吉的事情就包在我身上吧！準備出發嘍！」

剛從重傷之中痊癒的德魯西、密茲瑪達和希琳留在地表。

我和波吉則是領著基剛和魔獸們前往王城地底。

中場休息・兄與弟

指示波吉和卡克先行離開後，冥府騎士團便和歐肯展開激烈無比的戰鬥。

「不要分頭行動！一起對他展開攻擊！設法阻止他的行動！」

接到隊長的指示後，騎士們像是要包圍歐肯那樣朝他撲過去。

只要讓他忙著應付一部分騎士，他就無法閃躲來自其他騎士的攻擊。

這樣一來，自能分出勝負——如果對手是一般人的話。

歐肯和一般人不同。

完全不打算防禦的他，先是用手中的劍擊碎了第一名騎士的劍。

下一刻，被歐肯抽回來的劍，將一旁的騎士連同盔甲一併貫穿。

其後，在歐肯狂暴的攻勢之下，騎士們陸陸續續被他打倒在地。

「喝啊——！」

隊長以斧槍使出一記橫砍，將歐肯握劍的那隻手砍飛。

「趁現在！搶走他的劍！」

他匆匆下達指示，但這個目標沒能達成。

除了隊長以外，現場已經不剩半個能繼續戰鬥的騎士。

那麼，憑隊長一個人，有辦法給歐肯致命一擊嗎——答案是否定的。

因為，無論受了多麼嚴重的傷，歐肯都能在轉眼之間恢復。

就算手被砍斷，從切斷處噴濺出來的鮮血，會像擁有自我意志的繩索般伸向斷手，將它拉回來和原處銜接，整條手臂也會在下一刻恢復得完好如初。

不死之身嗎——隊長的臉上浮現焦慮的神情。

「這下該怎麼做……」

儘管陷入窮途末路，隊長仍竭盡所能思考因應之道。

就在這時——

蔚藍天空中突然浮現不停打轉的烏雲，一道閃電伴隨著轟隆隆的巨響落下。

被這道閃電直接劈中的歐肯，全身焦黑地倒在地上。

「這是……德斯哈陛下的雷擊？」

隊長還在原地目瞪口呆的時候，一個人影從建築物的後方竄出——

「德斯帕大人！」

是不知何時趕過來的德斯帕。

「哎呀呀，真是千鈞一髮呢……不，已經太遲了嗎……」

德斯帕走到倒地的歐肯身邊，將他手中的劍一腳踢開。

被他踢飛的劍，落在他趕過來時所騎的白馬腳下。

白馬抬起自己的腳，將那把劍踩成碎片。

「密技！德斯帕緊縛術！」

德斯帕取出一捆繩子，俐落地將歐肯綁起來。

隊長拖著疲倦至極的身軀走到他的面前。

「非常感謝您，德斯帕大人。不過，沒想到歐肯大人長生不老的力量，竟然強大到這種程度……過去那麼溫柔的大人，現在卻判若兩人……」

歐肯過往的身影浮現在隊長腦中。

我想打造一支仁厚善良、世上最強的騎士團──帶著溫柔笑容這麼說的歐肯，跟眼前這個歐肯之間的差異，讓隊長露出痛心的表情。

「想必是長生不老帶來的弊病吧。關於這會讓自己陷入不幸一事，歐肯本人其實也很清楚。」

仍不敢大意的德斯帕，盯著癱坐在地的歐肯這麼說。

「不會生病、也不會老去，甚至不會死的生物，最初會失去的東西……據說就是『心』。」

「您說……心嗎？」

隊長重複德斯帕這句沉重的發言。

「我們都會死。所以才會想留下自己的後代，讓生命延續下去。我認為是這樣的欲望，讓人們理解悲傷的情緒、學會體貼他人、進而培養出人性；然而，能夠長生不老的人，並不需要這樣的心。」

「……或許確實如您所說呢。」

過去的歐肯和現在的歐肯——這就是有沒有「心」的差異嗎？隊長不禁感嘆萬千。

「歐肯已經失去自我意志了，他已經不再是人類。可是……我無法拋棄這樣的他。」

「德斯帕大人！」

聽到德斯帕以堅定的語氣這麼斷言，隊長瞬間恍然大悟。

「這就是……德斯哈陛下討伐米蘭喬的真正目的嗎？」

「是的，那麼，先跟兄長報告一下吧……」

語畢，德斯帕以手按上自己的嘴巴。

─•─•─•─•─•─•─•─•─•─•─

在伯斯王國的王城深邃的地底。

多瑪斯來到一扇大門前方。

理應已經死去的伯斯王，占據戴達的肉體而復活，還給了多瑪斯「破壞冥府入口」這個新的命令。

冥府入口就位於這扇門的後方。

（雖然不明白伯斯陛下有何考量，不過……）

多瑪斯和霍庫洛都沒有被告知這個命令的用意為何。

在達成這個命令後，到底會發生什麼事，他們倆也一無所知。

儘管如此，他們仍判斷自己必須服從國王所下達的命令。

只是——

（伯斯陛下早已料想到事情會演變至此嗎……）

面對出現在前方的冥府騎士團軍隊，多瑪斯不禁屏息。

（幸好剛才有指示霍庫洛躲起來。視情況而定，說不定只能仰賴他的突襲了……）

此刻，多瑪斯是獨自一人和冥府騎士團對峙的狀態。察覺到大陣仗的腳步聲朝這裡靠近後，他事先指示霍庫洛躲到暗處。

「我是伯斯王國的四天王之一多瑪斯。」

聽到四天王這樣的頭銜，冥府騎士團的眾人臉上浮現些許緊張的神色。

「敢問各位是為了什麼到這裡來？」

「……別裝蒜了。」

小隊長從騎士團裡頭走了出來。

「是你們入侵吾國，把大牢裡的囚犯帶走的吧！要是不乖乖把那群人交出來，吾等將不惜開戰！」

「開戰？等一下！你在說什麼啊？」

多瑪斯瞬間不知所措起來。單純奉伯斯之命來到此地的他，無從得知在這個國家背後運作的陰謀。

「多說無益，走了……」

小隊長無視多瑪斯的存在，直接大步往前，後方的騎士也紛紛跟上他的腳步。

（不能挑起戰爭！不過，就這樣讓他們離開真的好嗎……）

再三苦惱過後，多瑪斯決定阻止這批大軍繼續前進。

他繞到騎士團前方，擋住他們的去路。

「……你打算阻止吾等？」

「沒辦法啊……畢竟我也有職責在身。」

「寡不敵眾，你會白白送命喔。」

小隊長以驚人氣勢威脅多瑪斯改變心意，但後者以舉劍的方式回應他。

多瑪斯以左手和裝上義肢的右手握劍。

「這是為了你自身的名譽？又或者……不過是被怒氣沖昏頭？」

多瑪斯沒有理會小隊長的挑釁，只是走上通往地表的階梯轉折處，準備在此處應戰。

若想前往王城，冥府騎士團勢必得從這座階梯往上。

「刻意移動到無法多人混戰的地方……小隊長，那傢伙挺冷靜的啊。」

一名騎士這麼說。

然而，要是在此止步，有損冥府騎士團之名。

「……你們三個人一組，過去拿下他。」

聽到小隊長的指示後，三名騎士走上階梯，和佇立在轉折處的多瑪斯對峙。

以視線互相牽制片刻後，三名騎士一起撲向多瑪斯。

「哼！」

多瑪斯擋下了這波攻擊。他正面迎接同時來自三名敵手的壓力，與其抗衡，將他們的攻擊反彈回去。

然後揮劍依序將三名騎士擊倒。

不過，他是用刀背攻擊。

想避免跟冥府騎士團徹底陷入敵對關係的多瑪斯，為求跟對方和平溝通，選擇了展示自身力量的做法。

再次擊退接踵而來的強者們後，多瑪斯仍不敢大意地持劍擺出備戰架勢。

「……你是叫多瑪斯吧？為何只用刀背應戰？」

多瑪斯的目的達成了。

小隊長似乎將他認定為一名談判對象，而不是必須排除的敵人。

「我還沒能釐清現在的狀況，所以不想徹底與你們為敵。」

這是多瑪斯發自內心的想法。然而，小隊長卻將它視為一種嘲諷行為。

「吾等還真是被小看了啊……不，應該說你的言行奸巧可疑。說自己不明白現況，其實也是為了其他作戰而編出來的謊言吧？」

「不對！我真的什麼都不知道！」

多瑪斯沒有放棄，仍努力試圖緩和現場的氣氛。

為了避免祖國和冥府正式開戰，也為了完成伯斯王的命令，他不能在這裡和冥府騎士團廝殺。

「哼！吾等可不會被矇騙，只會專心對付眼前的敵人！所有人使出全力擊潰他！讓此人瞧瞧冥府騎士團的駭人之處！」

喔喔——下個瞬間，幾十道犀利的視線貫穿了多瑪斯的身體。

「可惡！」

判斷沒能成功說服對方後，多瑪斯不禁低聲咒罵。

然而，他不能就這樣放棄，他並沒有捨棄以和平談判的方式來解決問題的意願。

看著氣勢驚人的冥府騎士團朝自己逼近，他再次舉起劍，準備以刀背應戰。

多瑪斯竭盡所能奮戰。

即使跟幾十名騎士在狹窄的階梯轉折處交戰，他依舊順利擋下了冥府騎士團。沒有一個人能夠通過他鎮守的這個地方。

不過，他也確實被消耗掉不少體力。

他揮劍的動作不再俐落，抵禦攻擊的力道也慢慢變弱。

再這樣下去，多瑪斯大人會被殺死——躲在暗處的霍庫洛不禁焦急起來。

他可以透過突襲行動助陣，然而，這樣的機會僅有一次。

倘若這個突襲沒能讓戰況好轉，在冥府騎士團面前現身的他，接下來將完全無計可施。

要在此刻出手？還是靜待一個更好的機會？霍庫洛被迫做出選擇。

而多瑪斯也感受到他這樣的苦惱。

（你是最終王牌……現在還不能現身！）

為此，多瑪斯發出比先前更激烈的吶喊聲，不停揮劍撂倒眼前的騎士。

我還撐得下去，你不需要出手——他是為了將這樣的指示傳達給霍庫洛。

憑著這樣的魄力，多瑪斯終於打倒了小隊長，讓他跪倒在地。

展現出這樣的實力的話，他們應該願意好好跟我談了吧——多瑪斯和霍庫洛稍稍放心。

然而，他們的努力仍化為徒勞。

不知何時繞到霍庫洛背後的刺客，以短刀抵上他的頸子。

糟糕——還來不及後悔，霍庫洛便感受到一股令他全身汗毛直豎的寒意。

「怎……怎麼……這壓倒性的強大存在感是……」

他以顫抖的嗓音開口，然後望向冥府大門另一頭。

一陣腳步聲緩緩靠近。

「唔……」

無論多瑪斯展現出多少實力、多麼渴望和對方和平對話。

對他的一切都不感興趣、也從不打算顧慮他內心的考量。

只為了自身的目的、為了自己相信的事物而行動。

從冥府大門後方現身的「他」，是不被任何人束縛的存在。

「原本以為只要跟占據兒子肉體的伯斯單挑，沒想到……演變成一場戰鬥了啊。」

國王排名第二名的人物——德斯哈現身。

第八章・王者的戰鬥

來到王城地底的我們，探頭望向一直往下方延伸出去的深邃空間。

在淡藍色光芒照耀下，這個上下打通的巨大空間深到看不見盡頭。

「根據密茲瑪達的說法，從這裡往下走，就會抵達冥府入口……」

通往地底的螺旋階梯緊貼著牆面設置，看來是要從這裡往下走——

「這階梯看起來超長的耶……動作得快點才行……嗯？」

我原本以為要花上好一段時間才能抵達下方的盡頭，但基剛卻伸手將我和波吉拎起，然後揣在懷中。

「咦……你這是做什……」

基剛以行動回答我的問題。

他沒有走階梯，而是直接從這個上下打通的空間往下跳。

「嗚哇——————！」

在一瞬間的浮空感之後，我們三人開始往下墜。

我們都不知道這個空間有多深耶！

（這樣確實比較快沒錯啦！但基剛真的能平安著地嗎？）

聽著咻咻的風聲，我開始感到不安。要是大家最後一起摔成肉餅——我可不想接受這樣的結局！

不過，我們的賭注是正確的。

在盡頭的平地映入視野後，基剛選擇以整個身體著地，減緩墜落帶來的衝擊。落地的衝擊同樣襲向我和波吉，但還不到無法承受的程度。

接著，我們看見霍庫洛、德斯哈，還有——

「多瑪斯！」

眾多冥府騎士團的騎士、手持巨大狼牙棒的德斯哈，以及多瑪斯就在眼前。

不知道他們是不是已經交戰過，可以看到許多冥府騎士團的成員倒在地上，和德斯哈對峙的多瑪斯也滿身大汗。

（……糟糕！）

我轉頭望向波吉。

臉色變得蒼白的他，以手按上胸口，整個人也不斷顫抖。

因為呼吸變得困難，他痛苦得眉頭深鎖，還像是要抑制反胃感那樣緊緊咬牙。

「我至今從來沒看過他這種表情……」

多瑪斯過去的所作所為，此刻想必在波吉腦中重演了吧。

跟多瑪斯的意外重逢，讓他變得心慌意亂。

「波吉！波吉！別在意，你還有我在啊！對吧，波吉！」

我不停向雙眼緊閉的波吉喊話。

然而，他還是拚命大口喘氣，最後甚至整個人趴倒在地。

「我能感受到波吉一團混亂的心情……這是……憎恨嗎……」

伸手輕拍波吉的背時，我總覺得自己多少能體會他的苦惱。

這或許是他打從出生之後，第一次湧現痛恨、憎惡別人的感受。

所以，他不明白該如何發洩這股情緒。

（憎恨……）

我不自覺想起媽媽被殺死的回憶。

媽媽被人類殺死時，我完全被憎恨吞噬了。

悲傷、悔恨和空虛的感覺，幾乎將我的胸口撕裂。

那股漆黑、深沉而渾沌的情感——我永遠不會忘記。

絕對無法原諒那些人類的我，立誓要替媽媽復仇——這件事我至今仍記得很清楚。

所以，我非常能理解波吉的感受。

可是——

（……我不希望波吉變得像我這樣！）

憎恨和復仇不適合波吉——我這麼想。

我不願意看到他被過去束縛，因此失去身為人該有的心。

我希望波吉能不斷向前邁進。

我拭去不知何時浮現在眼眶中的淚水，惡狠狠地瞪著多瑪斯。

「你！知不知道羞恥啊！」

因為希望波吉能維持正直坦率的心，我代替他開口怒罵多瑪斯。

我代替波吉，將他內心的痛苦一口氣宣洩出來。

「嗚！嗚嗚……波吉殿下！請容屬下以死謝罪！」

噙著眼淚向波吉賠罪後，多瑪斯突然從階梯上方縱身跳下。

他沒有擺出防禦動作，就這樣頭部著地。

「你幹嘛啊！」

「多瑪斯大人！」

面對突如其來的事態發展，我跟霍庫洛不禁大喊。

霍庫洛趕到墜地的多瑪斯身旁，結果──

「……我死不了！」

多瑪斯緩緩爬起身。

「霍庫洛！我真痛恨自己這副歷經鍛鍊的軀體！」

「多瑪斯大人！您在想什麼呢？我們現在最優先的任務，應該是保護波吉殿下才對吧！」

「霍……霍庫洛……」

被霍庫洛這樣當面怒斥，多瑪斯才終於恢復理智。

「波吉殿下……我一度試圖奪走您的寶貴生命。我不會乞求您原諒我，但……」

表情變得嚴肅的多瑪斯重新撿起落在地上的劍。

「現在，請允許我為了您賭上自己這條命！」

語畢，他轉身面對德斯哈。

原本以一臉無言的表情旁觀的德斯哈，也在此刻開口。

「鬧劇結束啦……那麼，這個基剛特斯，就是從冥府大牢逃走的基剛吧？」

他對基剛投以犀利的視線。

「把基剛抓起來！」

德斯哈一聲令下，還能行動的冥府騎士團成員隨即上前包圍基剛。

「咕哇啊啊啊——！」

基剛發出一陣咆哮。

「等等！不能跟他們打！」

基剛不顧我的阻止開始暴動。

騎士們也一個接一個被他打飛、撂倒。

「唉……沒有小隊長在，簡直像一群烏合之眾……」

德斯哈嘆道。

（不妙不妙……再這樣下去，事情會一發不可收拾啊！）

得想辦法阻止基剛跟冥府騎士團的戰鬥才行——

「唔喔喔喔——！」

這時，多瑪斯和霍庫洛介入基剛和冥府騎士團之間。

就是現在——我把細劍遞給波吉。

「波吉，趁現在！快阻止大家！」

波吉朝我用力點頭，接著衝到冥府騎士團前方。

「哦……無力的傢伙，你打算怎麼行動？」

德斯哈以壞心眼的表情俯瞰波吉。

「各位！拜託你們先等一下！拜託不要打起來～！」

「啊嗚啊～！」

我和波吉一起朝冥府騎士團喊話。

騎士們不解地停下攻擊，但——德斯哈不同。

他以掌心生出閃電，就這樣將之射向基剛。

直接被閃電劈中的基剛當場倒地。

「基剛！」

我匆匆趕到基剛身旁，但因為他身上還有殘餘的電流，我無法碰觸他。

我轉頭怒瞪德斯哈。

「德斯哈！我們不是都說等一下了嗎！」

「嘻嘻嘻嘻……我可管不著啊。」

德斯哈以絲毫不感愧疚的態度回應我。

接著，他的視線落在波吉身上。

「喂，無力的傢伙，好久不見啦。」

面對德斯哈的挑釁，波吉沉默地瞪著他。

多瑪斯和霍庫洛也趕到波吉身旁。

「德斯哈王！你鎖定的人物究竟是誰？伯斯王嗎？」

多瑪斯開口問道。

「伯斯啊……他也是理由之一，但我真正的目的……」

俯瞰著我們的德斯哈，表情從遊刃有餘變得嚴肅無比。

「……煽動我國的囚犯逃獄，計畫這一切的主謀米蘭喬——我要處決她。」

米蘭喬——我沒聽過這個名字。

我望向多瑪斯和霍庫洛，但他們倆也只是輕輕搖頭。

「哼……不知道米蘭喬是誰？你的人生倒是很快活啊。不過，無妨。總之，我要讓米蘭喬以死來補償這些。」

「所以米蘭喬到底是誰啦！」

聽到德斯哈打算單方面結束這個話題，我連忙出聲打岔。

如果她是指引囚犯潛入波吉祖國的主謀，就等於是一連串事件的罪魁禍首。

我可不能讓德斯哈隨便帶過她的事情。

「噯，波吉，你也……」

我轉頭望向波吉，發現他皺起眉頭，一臉像是企圖回想什麼的表情。

「波吉，你怎麼啦？」

「啊呃……啊嗚啊嗚……」

「咦！你說你有聽過米蘭喬這個名字？」

隨後，波吉像是翻出大腦深處的記憶那樣向我娓娓道來。

過去，波吉的媽媽為了保護他，死於魔物的箭矢攻擊之下。那時，他的媽媽似乎就曾提及米蘭喬的名字。

請妳至少救救這孩子，米蘭喬——她似乎是這麼說的。

說出這段過往，讓波吉眼眶裡滿是淚水。

光是回憶媽媽死去的光景，想必就讓他相當痛苦煎熬，但他還是努力告訴我這些。

「我知道了！我知道了，波吉！你不用再回想了！」

對不起喔，波吉。讓你想起媽媽死去時的事情。

「啊噫呃……啊嗚啊喔……」

「咦？這是什麼意思……？」

聽到波吉接下來這句話，我不禁感到困惑。

「怎麼了？波吉殿下說了什麼？」

「呃……」

雖然多瑪斯這麼問，但我答不上來。

因為我一時之間無法相信波吉所說的話。

（他說圖謀害死媽媽的米蘭喬，當時也被箭矢貫穿胸口而身受重傷？）

這是怎麼一回事——我實在無法理解這樣的狀況。

雖然不知道波吉說的重傷有多嚴重，但一般人要是被箭矢貫穿胸口，可是會死的。

既然這樣，這一連串計畫的主謀米蘭喬又是誰？她為什麼還活著？

（還是說……她是復活了？）

怎麼可能有這種事情——我搖搖頭。

死人不可能復活，這種奇蹟不會發生。

（……咦？但我好像聽過類似的事情……）

沒錯——就是占據戴達肉體而復活的伯斯。

那個叫做米蘭喬的傢伙，也做了一樣的事情嗎？

「啊呃……？」

波吉擔心的輕喚聲將我拉回現實。

我似乎已經陷入沉思好一陣子。

不行不行，豈有讓波吉為我擔心的道理呢。

應該是我得讓他打起精神才對。

「抱歉啊，波吉，最難受的人明明是你。」

我以開朗的態度回應他。

「米蘭喬是危險人物。」

一旁的德斯哈開口。

「就算你們不打算阻止我們前往討伐米蘭喬，伯斯想必也會出面干涉。畢竟那個男人相當珍惜米蘭喬啊……」

「伯斯跟米蘭喬……」

理應已經死去的兩人——感覺事情很不單純呢。

「要是伯斯出馬，就只能由我應戰。雖說他占據了兒子的肉體，所以變得比較年幼，但能與他勢均力敵的恐怕只有我了。」

所以我才會來到這裡——德斯哈這麼說明。

「不過，我當然也不會放過米蘭喬以外的罪犯……」

說著，德斯哈將視線移向基剛身上。

「好啦，把基剛帶回冥府去！」

在德斯哈一聲令下，騎士們開始包圍基剛。

我和波吉連忙趕過去，阻擋那些騎士靠近基剛。

「無力之人，你明白那傢伙是個罪犯嗎？」

德斯哈質問波吉。

我代替波吉回應他。

「……送我們回國的路上，冥府騎士團的隊長有說過。」

隊長在列舉逃獄囚犯的名字時，有提及基剛這名人物。

「可是，基剛他做了什麼？」

聽到我這麼問，德斯哈慢慢道出事情的始末。

「過去，在我和父王爭奪冥府的國王寶座時，基剛曾是我麾下的一名傭兵。不過，因為父王雇用的傭兵是基剛特斯軍，他等於陷入和族人敵對的狀態。那時……基剛背叛了我軍。」

「為什麼！」

「我們利用基剛特斯族的幼童作為誘餌，藉此對付基剛特斯軍。基剛想必是無法原諒這樣的行為吧。因為他，我軍當時蒙受了莫大的傷亡損失。這就是基剛的罪狀。」

德斯哈以一臉平淡的表情這麼說。

然而，聽完這些的我不禁怒火中燒。

「用小孩子當誘餌也太卑鄙了吧！做出這麼過分的行為，真虧你敢正大光明地自稱國王耶！」

誰才是罪犯啊！德斯哈犯下的罪行要來得過分太多了！

「戰爭就是這麼一回事。」

德斯哈以冷酷至極的語氣回應我。

「嘎啊——！」

或許是回想起這段過往了吧，基剛憤怒地衝向德斯哈。

面對將孩童做為戰爭道具的德斯哈，他的內心滿是復仇的衝動。

「我能理解你的憤怒。不過，我就重申一次吧……戰爭就是這麼一回事！」

德斯哈輕而易舉閃過朝自己直奔而來的基剛，再次以掌心生出閃電。

然後直接將這道閃電射向基剛。

在閃電即將劈中基剛的瞬間——

波吉衝進對峙的兩人之間，以細劍接下這記雷擊。

閃電隨即被細劍吸收，然後迸裂四散。

「閃電被彈開了！」

我錯愕不已。原來那把細劍還能這樣運用啊，我完全沒想到呢。

不只是我。多瑪斯、霍庫洛、冥府騎士團的成員，以及德斯哈，大家全都為波吉方才的舉動吃驚得說不出話來。

「無力之人，你竟然……」

德斯哈的嗓音比剛才更有威嚴。

他原本只把波吉當成一個什麼都做不到的孩子，然而，在看到波吉出乎意料的表現後，他或許開始警戒了吧。

「啊嗚啊嗚啊！啊嗚啊嗚！」

波吉站到基剛前方，敞開自己的雙臂袒護他，同時還扔下手中的細劍。

看到他一連串的行動，我恍然大悟。

「交給我吧，波吉！」

我迅速跑到波吉身邊，撿起被扔在地上的細劍，將它收進波吉腰間的劍鞘裡。

「你想表達你不願意戰鬥的立場對吧！」

「啊嗚！」

就是這樣——波吉用力朝我點點頭。

「那把劍……是德斯帕嗎？」

「沒錯！波吉可是德斯帕先生的徒弟呢！」

「嘖……」

德斯哈看似厭煩地咂嘴。

「比起這個！波吉沒有要跟你們起衝突的意思！他只是希望你不要再欺負基剛而已！基剛或許是罪犯沒錯，可是……他現在已經是波吉重要的家臣，也是我的朋友！」

我竭盡全力這麼說明。

或許是我的心意傳達出去了吧，德斯哈將原本握在手中的狼牙棒插進地面，然後轉身背對我們，開始一個人咕噥起來。

雖然不知道他在幹嘛，但德斯哈再次轉過身來時，已經沒了剛才那種嚇人的氣勢。

「所有人跟我回冥府！」

他突然發表了撤軍宣言。

我、波吉和冥府騎士團的成員都嚇了一跳。

「無力之人，我要把基剛帶走。不過，不是以罪犯的身分逮捕他，而是要讓他成為冥府騎士團的一員。」

聽到這句話，基剛大吃一驚。

他一定沒想到，剛才企圖攻擊德斯哈的自己，竟然會被招攬為騎士團的一員吧。

「基剛，我不會要求你原諒我，畢竟那場戰役的責任全都在於我。」

德斯哈走到基剛面前和他對話。

他散發出來的魄力，讓基剛相當困惑。

「不過，我可不許你拒絕加入冥府騎士團！就算用拖的，我也要把你帶回去！」

只靠對話果然還是行不通嗎——我死心了。

想阻止德斯哈繼續逼迫基剛的波吉，也拔出細劍再次和他對峙。

「……基剛，這樣你就滿足了嗎？你要讓這個無力之人保護自己？」

德斯哈這句話，讓基剛發出困擾的呻吟。

接著，基剛他——輕輕伸出手擋住波吉的細劍。

他搥了搥自己的胸膛，接著又以手指輕戳波吉的胸口。

「基剛說他的心仍會繼續追隨你……還有謝謝。」

我把基剛的心意轉達給愣在原地的波吉。

波吉吃了一驚，接著雙眼因為悲傷而蒙上一層水氣。不過，他最後還是握住基剛巨大的手指，然後朝他微笑。

「真是誇張……我又不是要把基剛煮來吃。」

「話是這麼說沒錯啦……」

看樣子，整件事終於和平落幕了——在我這麼想的時候。

德斯哈身後出現了一群魔獸。

從螺旋階梯一路走下來的牠們，終於也抵達這裡的最深處。

牠們露出尖牙，朝德斯哈發出低吼聲。

（糟糕！牠們以為德斯哈是波吉的敵人嗎？）

「等等！那傢伙不是敵人！他不是敵人啦！」

我阻止的吶喊沒能趕上，魔獸們已經朝德斯哈撲了過去。

牠們張開血盆大口攻擊。

尖牙深深刺入德斯哈的手臂。

這些魔獸會被宰掉的——我匆匆忙忙想趕過去時，德斯哈卻制止了我。

「等等……放開我。」

德斯哈對著狠咬自己手臂的魔獸這麼說。

他沒有反擊，只是平靜地向牠們喊話。

原本雙眼充血瞪大、激動地想要威嚇德斯哈的魔獸，也被他異常冷靜的態度勾起了恐懼，最後終於乖乖鬆開嘴。

儘管鮮血不停從手臂流淌下來，德斯哈仍毫不在意地對騎士團下令。

「返回冥府！」

「是！」

領著冥府騎士團和魔獸們前進的德斯哈，就這樣消失在大門的另一頭。

當然，基剛也在這支隊伍之中。

穿越大門的前一刻，基剛轉頭望向我和波吉。

然後輕輕揮了揮他巨大的手。

「再見啦！」

「啊嗚！」

我和波吉也用力揮手回應他。

我們不停地揮手，直到基剛的身影徹底消失為止。

中場休息．德斯哈、德斯帕，還有——

在波吉等人面前撤軍的德斯哈，率領冥府騎士團在返回冥府的路上前進。
沒有演變成和伯斯王國全面開戰的情況，讓騎士們默默鬆了一口氣。
只有小隊長無法接受這樣的決策。
「德斯哈陛下。」
德斯哈僅以視線回應這個呼喚自己的聲音。
「您為何決定撤退？放任米蘭喬不管，會帶來什麼樣的危險，您想必也再清楚不過……」
「這是我跟德斯帕聯絡過後的決定。」
方才跟波吉對峙時，德斯哈曾透過心電感應和德斯帕交談。
「我不知道德斯帕指導無力之人學會了什麼，不過，他竟然說就連我都無法贏過那個無力之人。雖然那傢伙老是讓我看不順眼，但他不會為了滿足自己的虛榮心，或是為了虛張聲勢而編造謊言……」

「所以，您才會做此決定嗎……」

小隊長乍看之下接受了這樣的說法，然而，他仍無法相信貴為冥府國王的德斯哈，會輸給那個巨人族的孩子。

「沒錯。除此之外，德斯帕還斷言我無法打贏伯斯。但我其實也估計自己會跟伯斯平分秋色就是了。」

「可……可是，這樣一來，就無法殺死米蘭喬了。在伯斯王跟米蘭喬聯手的情況下，恐怕沒有對策……」

「我明白。」

面對變得不知所措的小隊長，德斯哈平靜地表示這也是計畫的一環。

「德斯帕說要讓那個無力之人和伯斯一戰，剷除伯斯後，德斯帕再和特別行動隊的冥府騎士團前去殺死無人保護的米蘭喬……這是他的計畫。」

「您決定參加這樣的作戰……是嗎？」

「就是這麼一回事。」

在完全沒有出手懲治任何人的情況下就領軍返回冥府，其實也並非德斯哈的本意；不過，和德斯帕商討過後，他選擇採行最有可能成功的這種做法。

一心只想貫徹自身的主張，結果因此迷失原本的目的——倘若德斯哈是這般愚蠢之人，他就不可能爬上國王排名的第二名。

「……基剛嗎？」

德斯哈朝身後的基剛瞄了一眼。

過去和基剛特斯軍的那一戰，此刻再次浮現於他的腦海中。

為了對抗父王的大軍，德斯哈允許自己的部隊將基剛特斯族的孩子當成誘餌。要是不批准，他所雇用的傭兵必定會士氣大減。

最後，儘管打贏了這場仗，德斯哈、德斯帕，以及歐肯的心中，也留下了深深的陰影。

德斯帕無情地指責德斯哈。

兄長這次的作戰方式，跟父王慘無人道的所作所為幾乎沒有兩樣，令人鄙夷——他是這麼說的。

另一方面，歐肯則是對德斯哈展現出理解的態度。

居上位之人，肩上所扛的擔子總會沉重到他人難以想像，所以他能理解兄長做出這番殘忍抉擇的心情——他是這麼說的。

是兩個弟弟的話語，塑造出現在的德斯哈。

為了自己的目的，他可以毫不猶豫地踐踏他人。

另一方面，即使是讓所有人避諱的決策，但只要能為眾人帶來助益，他就會毫不遲疑地採行。

德斯哈之所以能成為萬人之上的冥府之王，便是基於這樣的理由。

「歐肯曾經這麼說過啊。有朝一日，他希望能讓基剛加入冥府騎士團……」

我實現你的心願嘍——德斯哈對著不在這裡的弟弟輕聲開口。

然而，他呼喚的這個弟弟現在——

—・—・—・—・—・—・—・—・—・—

「唔喔喔喔喔喔——！」

原本被德斯帕五花大綁、靜靜頹坐在地上的歐肯，突然仰天長嘯起來。

正在替受傷的冥府騎士團成員治療的德斯帕和隊長，沒能及時應付突然開始暴動的歐肯。

喀啦、喀啦——喀啦。

歐肯折斷了自己肩膀的骨頭。

他的手臂因此無力地垂下，原本緊緊綁在身上的繩索也跟著變鬆。

「豈有此理！」

目睹這一般人類不可能施展出來的技巧，德斯帕不禁狠狠咬唇。

（長生不老的存在，竟會超脫常軌到這種程度嗎？）

剛才應該用更牢固的東西綁住他才對——德斯帕後悔地想著，但為時已晚。

待歐肯掙脫繩索後，原本被他折斷的骨頭也迅速復原，他若無其事地從地上爬起來。

在面具後方泛著黯淡紅光的那雙眸子，對德斯帕投以犀利的視線。

「咕咕啊！」

歐肯伸出自己的手。

下一刻，德斯帕跟隊長跟著止住動作。

「嗚……！是希拉桑沛嗎！」

這招又稱「遠距攻擊」，是以微小到看不見的物體直接攻擊敵人要害的招式。

吃了這招的人，整個身體會在一瞬間變得動彈不得。

「你……你這……」

歐肯沒有理會無法行動的兩人，悠哉地拾起自己的劍。

儘管刀身早已碎裂，歐肯仍毫不在意地將它握在手中。

「……」

朝德斯帕一瞥之後，歐肯收劍入鞘，像是對他不再感興趣那樣轉過身。

然後朝著王城的方向奔馳而去。

「歐肯……」

德斯帕只能默默看著他的背影遠離。

第九章・米蘭喬

目送基剛踏上旅程後，我和波吉終於能稍微喘口氣了。

這時，多瑪斯和霍庫洛卯足全力朝波吉衝過來，在他跟前跪下。

看到兩個大男人向自己跪地叩首，波吉不禁圓瞪雙眼。

不過，他隨即轉身背對這兩人。

看來，他果然還不知道現在該怎麼面對多瑪斯。

「波吉殿下！我真的對您做出了天理難容的過分行為！」

反覆賠罪的同時，多瑪斯還不停地磕頭。

他的額頭甚至把地面撞到出現裂痕。

「嗚嗚……嗚嗚……」

無法原諒多瑪斯的心情，或許仍在波吉的胸口打轉吧——他很痛苦似地顫抖了起來。

（就算多瑪斯繼續賠罪下去，波吉恐怕也無法好好整理自己的心情啊……）

波吉需要一段沉澱思緒的時間。

所以，我代替他出面和多瑪斯對話。

「喂喂喂，這樣也太便宜你了吧！波吉怎麼可能這麼輕易原諒你啊！」

「你是……」

「我叫卡克！是波吉的朋友！」

我帶著幾分炫耀的意味，特別強調「朋友」這部分。

「朋友……波吉殿下交到朋友了嗎……」

接著，多瑪斯身旁的霍庫洛突然開始目光泛淚。

「順便告訴你吧，多瑪斯！你把波吉推下洞穴時，救了他一命的人也是我！」

「實在是萬分抱歉～！」

相較於竭盡所能賠罪的多瑪斯，霍庫洛只是一直盯著我看，然後突然緊緊握住我的手。

「謝謝！謝謝！真的……真的非常感謝你！」

我不明白一個初次見面的人為什麼要這樣瘋狂感謝我。

儘管不明白——但這種感覺還不賴呢。

「嗳，波吉。」

我轉身輕聲和波吉搭話。

「這兩個人看起來有在反省的樣子，應該可以原諒他們了吧？」

既然他們都已經為自己的所作所為感到懊悔了——雖然我這麼想，但波吉似乎還是無法接受。

他用力閉上雙眼，接著像是為了逃離多瑪斯那樣拔腿就跑。

波吉跑向返回地表的階梯，就這樣一路往上衝。

「波吉！唉～真是的！你們倆先在這裡繼續反省！」

這麼交代多瑪斯和霍庫洛之後，我趕緊朝波吉追上去。

（也是啦……他不可能這麼輕易放下這件事……）

我反省自己剛才以一派輕鬆的語氣要波吉原諒他們的行為。

（可是……）

就算這樣，我還是不希望波吉一直憎恨那兩人，然後被困在這種情緒裡。

我不想看到這樣的波吉。為了不讓他變成這樣，我得努力才行。

「……呃，他已經爬到那麼上面了嗎？」

在我左思右想的時候，波吉已經跑到距離我很遙遠的階梯上了。

這也是德斯帕先生協助他鍛鍊的成果嗎？

「不過，說到爬牆的話，我也有自信喔！」

我沒有走樓梯，而是直接沿著牆壁往上爬。

這麼做要比走螺旋階梯來得快很多，所以沒多久我就追上了波吉。

「波吉！你連爬樓梯的速度都這麼快，真的很厲害耶！我們來比誰先抵達入口吧！你追得上我嗎？」

我趕到波吉身旁，以爬牆的方式跟走樓梯的他競速。

波吉也因此稍微展露了笑容。

（沒錯沒錯，你不適合眼淚呢。）

我果然還是希望波吉保持笑容，希望他總是天真無邪又活潑。

倘若波吉真的無法寬恕多瑪斯，我也不希望他無視內心的感受，硬是勉強自己這麼做。

（不過……）

要是波吉有一天能真心原諒那兩人就好了——我在內心默默這麼祈禱。

—•—•—•—•—•—•—•—•—•—•—•—

我和波吉的兩人賽跑，最後由我獲得壓倒性的勝利，不走樓梯直接爬牆果然快上許多。

看到我一臉洋洋得意，波吉不滿地鼓起腮幫子，接著又開始衝刺，彷彿在說這場比賽還沒結束。

「啊！你太詐了，波吉！」

我連忙追上去。

在抵達一處視野較為開闊的地方後——

我們發現有個男人倒在道路正中央。

「有人倒在路上！這傢伙……是之前幫助過波吉的人！」

波吉跟戴達鬥劍時，是他出手中斷那場比試，拯救了被打得遍體鱗傷的波吉。

我之前有看過他跟希琳一起行動。應該是四天王的其中一人吧。

多瑪斯、德魯西、貝賓——還有一個叫阿庇司。

「他是怎麼了啊？雖然看起來還活著……」

調查過阿庇司的身體後，我發現他還有呼吸。

「總之，先把他拖去那個老太婆那邊吧！」

說著，我抓住阿庇司的雙腳，開始拖著他前進。但他在半路清醒了。

「你醒啦。還好嗎？發生什麼事了？」

儘管我這麼問，但阿庇司沒有回答，只是低垂著頭。

「你知道這個國家到底發生什麼事了嗎？一下有魔獸橫行，一下有冥府的囚犯恣意妄為……啊！你該不會也是被他們打傷的吧？」

我試著東扯西扯，不過阿庇司仍然沒有回應。

我耐著性子靜待片刻後，阿庇司才終於開口。

「波吉殿下……您還是逃離這個地方比較好。」

「這是什麼意思？」

「這一切……都是米蘭喬大人的夙願。」

米蘭喬——德斯哈之前也提過這號人物——她是殺害波吉媽媽的兇手。

聽到這個名字，波吉也瞪大雙眼。

「米蘭喬大人的願望，是奪去希琳殿下的性命，進而毀滅這個國家……」

「她為什麼要做這種事！」

「為了留在伯斯陛下身旁……為了再次跟伯斯陛下兩人一起踏上旅程……這是米蘭喬大人的夢想。她是為了這個目的，才讓伯斯陛下藉由戴達陛下的肉體復活……」

「這是什麼莫名其妙的理由啊！」

因為想跟伯斯在一起？為此，她讓伯斯復活？然後還要殺了希琳，毀了這個國家？

這一切已經超出我所能理解的範圍。

聽到這裡，我只覺得這個叫做米蘭喬的傢伙瘋了。

「就算這樣，對米蘭喬大人來說，這仍是非常重要的一件事。對不起，波吉殿下……我無法做出背叛米蘭喬大人的行為。」

所以，至少請您趕快逃命——阿庇司這麼表示。

「我們怎麼可能因為這樣，就眼睜睜看那個老太婆被她殺死啊！」

「米蘭喬大人對我恩重如山。波吉殿下，如果您現在不逃走的話……我就必須與您為敵了。」

說著，阿庇司緩緩起身。

然後筆直望向波吉。

然而——

「什麼！波吉殿下……您究竟是……」

阿庇司突然嚇得一屁股跌坐在地上。

面對個頭比自己迷你許多的波吉，他卻露出像是看到比自己強壯好幾倍的對手那樣的表情。

（是嗎……他發現波吉的轉變了啊……）

不愧是被冠上四天王之名的人物。不用交手，他便能察覺到波吉的不同。

「波吉變了，他現在變得很強。他成功跨越了許多辛酸難過的事情，還讓冥府的德斯帕先生親自鍛鍊他！」

「德斯帕……這樣啊。哈哈哈……我能從現在的波吉殿下身上感受到自信。看來您很相信自己的力量，而且……也遇見了能讓您相信自身力量的人呢。」

阿庇司以莫名開朗的表情，輪流望向我和波吉的臉。

「……請繼續往前吧，波吉殿下，請在您相信的那條道路上前進。」

這麼表示的阿庇司，態度已經不帶任何敵意。

「……我們走吧，波吉。」

看到波吉仍愣愣地望著阿庇司，我伸手扯了扯他的衣服。

他突然變溫柔的態度讓人很在意，不過，目前的最優先事項，是解決這個國家面臨的危機。我們沒有多餘的時間關心阿庇司一個人。

我想表達的意思或許也順利傳達給波吉了吧。他轉身背對阿庇司，然後邁開步伐向前衝。

—•—•—•—•—•—•—•—•—•—•—

「波吉，先去擺平冥府的囚犯吧。」

我一邊在王城庭院裡奔跑，一邊這麼對身旁的波吉說。

企圖顛覆這個國家的人目前還留在這裡。

既然復活的伯斯和米蘭喬才是真正的大魔王，在和這兩人對決之前可得先收拾掉多餘的人才行。

「啊嗚！」

「在這之後，就要去打倒你爸爸跟米蘭喬了。」

「啊……嗚……」

剛才嗓音還充滿活力的波吉，這次回應我的音量小了一點。

他微微垂下頭，最後甚至停下了腳步。

（是嗎……這種反應也很正常啦……）

即使身為萬惡的根源，伯斯依舊是波吉的爸爸。

他會這麼苦惱，也是理所當然。

（可是啊，波吉……）

我是你的朋友，所以現在要直言不諱嘍。

「現在沒有多餘時間能夠讓你猶豫了，波吉。要是不打倒你爸爸，你媽媽就會有危險。爸爸跟媽媽，你只能從中選擇一個人而已。」

那麼，你要怎麼做呢——我把選擇權交給波吉本人。

負責戰鬥的人是波吉，所以，我認為必須由他自己來做決定。

「……啊嗚！」

或許是我的心意傳達過去了吧，波吉像是拋開內心迷惘那樣抬起頭。

「很好！那我們加快腳步……嗯？」

這時，一陣詭異的聲音傳來。

聽起來像是金屬互相撞擊、摩擦而發出的刺耳聲響。

最後，聲音的源頭現身了。

「歐肯！」

從庭院另一頭出現的人是歐肯。

剛才理應和冥府騎士團交戰過的他，看起來卻毫髮無傷。

「難道隊長他們都被打倒了？」

只能和他一戰了嗎——我和波吉連忙擺出備戰架勢。

然而——歐肯並非朝我們而來，他直接從我和波吉的前方路過，就這樣愈跑愈遠。

原本還覺得虛驚一場的我們，馬上又重新整頓心情。

「歐肯也是必須打倒的對手之一呢！我們追上去吧，波吉！」

「啊嗚！」

於是，我和波吉開始追趕歐肯的背影。

最後，我們抵達了位於庭院一角，地面上鋪著石磚的一座廣場。

有三個人影出現在那裡。

我和波吉躲進草叢裡窺探情況。

（歐肯……還有兩個不認識的人。不過，既然他們是一夥的，那兩個傢伙八成也是從冥府逃出來的囚犯吧……嗯？）

這時，我發現歐肯身後有個奇妙的東西。那傢伙後方有一張椅子，不知為何，椅子上放著一面很大的鏡子。

（那面鏡子是什麼東西啊……感覺好像被歐肯保護著一樣。）

我豎起耳朵，努力偷聽他們的對話。

「妳真正的目的是什麼？」

個子比較矮的男人這麼開口。我原本以為他是在跟歐肯說話，但看起來似乎不是。

「揍克……你不需要知道太多，在不會危害到我的範圍內，你想做什麼都無妨。」

（是女人的聲音？但現場沒看到女人啊。是從哪裡……難不成是那面鏡子？）

而且那個男人——被喚作揍克的傢伙——視線也停留在那面鏡子上。錯不了的，是那面鏡子在說話。

「哦……？那麼，如果我說我會危害到妳呢？」

「……我會殺了你。」

「喔喔，好可怕、好可怕！」

從鏡中傳來的女性嗓音十分冷靜，男人則是以輕佻的語氣這麼調侃。

這時，歐肯探出身子，俯瞰那個身材矮小的男人。

「怎麼，你跟那面鏡子是一夥的啊？」

另一個黑髮男人開口。他從矮個子男人的身後走向歐肯，還舉起手中的劍。

歐肯和黑髮男就這樣瞪著彼此好一陣子。

「住手，布萊克！這傢伙很不妙！我不想跟他敵對！」

「很不妙？你說這傢伙？」

揍克驚駭得倒退好幾步的反應，讓被喚作布萊克的男人轉移了注意力。

「唔呼呼……因為失去理智的生物最好控制呢。做為證據，就讓他在這裡殺了你們吧。」

「啥！」

「歐肯……動手。」

在捧克嚇得表情僵硬時，歐肯也舉劍大步走向前。

（怎麼，他們鬧內訌了嗎？）

若是這些囚犯自己人跟自己人打起來，我們倒是樂得輕鬆；可是，無法理解在眼前上演的事態，實在也讓人有種詭異的感覺。

朝兩個男人逼近的歐肯，將手中的劍高高舉起——

「嘿！」

這時，捧克突然狠狠推了布萊克一把。

而他推的方向，正是歐肯的劍揮下的位置。

「太……太過分了吧！」

捧克沒有理睬發出慘叫後倒地的布萊克，直接轉身逃離現場。他跳上城牆旁一間小屋子的屋頂，再從那裡跳到城牆上方。

「波吉！」

「啊噫！」

握住我遞上的細劍後，波吉便朝揍克追了過去。

他先是跳到附近的一棵樹上，接著從那裡跳上城牆。

他在逃亡的揍克前方著地，擋住後者的去路。

「你這小鬼想幹什麼啊！要是敢妨礙我……」

說著，揍克準備拔劍──卻在下一刻僵在原地。

波吉在他的面前拔出細劍，準備應戰。

或許是感受到波吉散發出來的強者氣勢了吧，揍克的戰鬥意志在瞬間歸零。

「你也是很不妙的傢伙嗎！等……等一下！如你所見，我不會反抗的！但因為後面還有那傢伙……」

為了追殺揍克，歐肯也跟著爬上城牆。

「救救我吧！求你啦！」

雙膝跪地、雙手也撐在地上的揍克苦苦哀求。

看到他懦弱到可悲的態度，波吉似乎也不打算跟他打了。

波吉放下舉高的細劍，朝揍克靠近。

這時，揍克臉上卻浮現了卑鄙的笑容。

「吃我這招！」

揍克突然一把揪住波吉的肩頭，將他拉向自己，然後用嘴巴對他吐出一陣顏色很詭異的煙霧。

因為事發突然，波吉不慎鬆開手中的細劍，嗆咳個不停。

「咕哈哈！怎麼樣啊！……啊呃？」

原本以為自己戰勝而一臉得意的揍克，現在卻震驚地張大嘴巴。

波吉只是被他的煙霧嗆得咳了幾聲，看起來並沒有受到其他影響。

「怎麼回事啊！那可是劇毒煙霧耶！」

「唔呼呼……人類研發出來的毒物，怎麼會對巨人族有效呢。」

鏡子開口了。

「巨人族和毒物……啊！」

我想起波吉還在德斯帕先生身邊修行時的事。

那時，儘管眼前的餐點難吃到簡直不像這個世界的東西，他仍以一臉若無其事的表情把它吃光光。

真是的，波吉果然是最強的啊。

（是說，那面鏡子到底是什麼來頭啦……）

我悄悄朝鏡子所在的位置靠近。

它看起來確實是一面極其普通的鏡子，但倒映在鏡中的景象卻很不可思議。

鏡面沒有反射出這一帶的光景，只有一個呈現人型的黑色輪廓。

「啊……他追上來了。」

在揍克忙著應付波吉時，從城牆爬上來的歐肯朝他身後靠近。

揍克現在被他和重新舉起細劍的波吉夾攻。

「可……可惡！」

被逼得走投無路的揍克從城牆上往下跳。

波吉也馬上追了過去。

從後方超越揍克的瞬間，波吉以細劍刺向他。

光是這一擊，就讓揍克失去意識而倒地。

（波吉已經把細劍的攻擊方式練得爐火純青了呢……）

我再次親眼目睹到波吉強大的力量。

在心中默默讚嘆過之後，我趕緊掏出一捆繩索遞給波吉。

看著波吉將撲克五花大綁時，我發現那面鏡子裡的人影也盯著波吉瞧。

「那傢伙是我的朋友波吉。」

剛才聽到鏡子的說話聲之後，我便一直很在意，於是試著朝她搭話。

「而我是卡克。所以，妳又是誰？」

雖然很想知道這面鏡子的真實身分，但她並沒有回答我的問題。

「影之一族啊……你果然也散發出一種命途多舛的感覺啊。」

「我也？妳這是什麼意……」

正當我想問個清楚時，一陣巨大的落地聲傳來。

從城牆上跳下來的歐肯，緩緩朝波吉靠近。

（布萊克已經被歐肯打倒，撲克也被綁起來了。所以，接下來就是歐肯了吧……）

冥府騎士團的隊長曾說歐肯是波吉的天敵。

可是，我實在無法想像現在的波吉會輸給別人。

一定只是隊長操心過頭了。

「波吉！也一併把歐肯打倒吧！」

聽到我的加油打氣，波吉以鼓足幹勁的表情望向歐肯。

「咕啊！」

歐肯突然朝波吉伸出手。

因為兩人之間隔著一段距離，他的手未能觸及波吉——然而，被歐肯的手瞄準的波吉，卻在下一刻做出閃躲的動作。

歐肯重複了兩三次伸手的動作，每當他伸出手，波吉就會在原地輕快地跳來跳去。

（他們在幹嘛啊……？）

我完全看不懂這兩人在做什麼。

不過，波吉一定是基於什麼理由，才會做出這些動作吧。

我只能默默旁觀。

接著，波吉突然以細劍刺向前方。

想當然爾，他的劍尖也無法觸及站在一段距離外的歐肯。

不過，一陣清脆的聲響傳來——有個東西應聲落地了。

我睜大眼睛仔細一看，發現那是一顆從中間裂成兩半的小石頭。

「怎麼，原來歐肯是在朝波吉扔東西啊？」

所以波吉才會一直閃躲。

「哦……這已經是超乎常人的水準了啊。」

鏡中女子在我身旁這麼感嘆。

聽到這句話，我不禁開心起來。

「就是啊！那傢伙很厲害喔！他真的是世上最強的，沒人打得贏他呢！」

看到我亢奮的反應，鏡中女子的嗓音變得有幾分認真。

「……是嗎，是你激發出他的力量啊。」

「我？不是啦，是叫做德斯帕的一位先生。」

儘管我說自己什麼都沒做，鏡中女子卻輕聲笑道：

「唔呼呼……倘若有其他人願意單純坦率地相信自己的潛力，人們就會變得什麼都做得到喔。」

鏡中女子這麼說，彷彿完全沒聽到我剛才那句話。

「然而，有時……這也會成為致命的弱點。」

「妳這句話是什麼意思……」

正想追問時，我發現現在不是在意這件事的時候。

波吉和歐肯的戰鬥開始白熱化了。

相較於以蠻力不停揮劍逼近的歐肯，波吉冷靜地分析他揮下的每一劍，並輕快地閃躲。

波吉看準歐肯露出破綻的瞬間，鑽進他的懷裡，將細劍刺向他。

歐肯勉強以手中的劍擋下這一擊，但波吉的近距離攻擊持續著。

他嬌小的身軀不斷跳躍，從四面八方擾亂歐肯的注意力。

完全被波吉玩弄在股掌之間的歐肯，光是要讓自己的視線追上他的行動，就已經分身乏術。

最後，波吉的劍尖鎖定了歐肯。

他繞到歐肯身後，舉起細劍刺中他。

「贏啦！」

這下子勝負就分曉了，歐肯馬上會無力倒地。

或許也認定自己已經獲勝的波吉，將細劍抽回，然後和歐肯拉開距離。

然而——歐肯沒有倒下。

雖然被刺中的地方讓他有些在意，但歐肯隨即重新舉起手中的劍。

「咦……他沒有暈過去……」

是波吉攻擊的位置不對嗎？還是需要一點時間，才能發揮效果？

「波吉！你失誤了嗎？」

我連忙開口詢問，但波吉朝我搖搖頭。

我確實刺中了歐肯的要害——波吉這麼回答。

「為什麼！波吉！」

下一刻，歐肯朝波吉撲了過來。

波吉迅速將注意力拉回他身上，再次俐落避開歐肯的攻擊。

他乘隙以細劍使出突刺——這一劍刺中了歐肯的胸口。

這次一定就……然而，還是不管用！

歐肯只是摀著胸口蹲下，並沒有暈過去。

為什麼——面對陷入混亂的波吉，歐肯露出不懷好意的獰笑。

那是個彷彿在嘲弄波吉的笑容。

「歐肯似乎明白那孩子的劍技對自己無效了。」

這樣一來，就是歐肯贏了——鏡中女子的發言，在我聽來是這樣的意思。

「哪有可能啊！波吉他……他還有其他特殊招式呢！上啊，波吉！」

避開歐肯使出的連續突刺攻擊後，波吉再次逼近他。

「啊嗚！」

波吉的細劍劃過半空——刺中歐肯揮舞的劍，讓劍身在下一刻化為碎片。

（跟粉碎基剛的大槌子那時一樣！）

這樣歐肯就無法繼續戰鬥了。勝負已定。

「呵呵呵……」

然而，鏡中女子卻又發出聽起來很詭異的笑聲。

就在這時，某種黏稠的液體從歐肯盔甲的手腕部分噴出。

飛濺的液體宛如擁有自我意識那樣，全數附著在歐肯碎成片片的劍上，再將這些碎片拼湊在一起。

被拼回原狀後，這把劍自動飛回歐肯手中。

黏稠液體發揮了接著劑的效用，讓歐肯的愛劍重新復活。

（這是怎麼一回事啊！）

歐肯以手指輕撫再次變得完好的劍，露出詭異的笑容。

我完全無法理解眼前發生了什麼事。

（那也是歐肯的能力嗎？）

德斯帕先生告誡冥府騎士團隊長的那句話，此刻在我腦中浮現。

歐肯是波吉的天敵——他這麼說。

無論是什麼樣的對手，波吉都能以刺中要害的方式將其撂倒。所以，我實在無法想像這樣的他會有天敵。

「咕啊啊！」

歐肯朝困惑不已的波吉揮劍。

波吉跳起來閃躲這一擊，然後繞到歐肯背後。

歐肯數度朝波吉甩出自己的手——是對他扔小石子的那一招。

精準迴避所有小石頭的波吉，繞到歐肯的死角，以細劍刺向他的頸子。

然而——果然還是起不了任何作用。

歐肯只是一瞬間變得全身僵硬，接著隨即對波吉展開反擊。

不認輸的波吉和他正面交鋒，以細劍刺中歐肯的胸口——但結果還是一樣。

看到自己的攻擊對歐肯完全無效，波吉苦惱地皺起眉頭。

「波吉！加油啊！」

我希望至少為波吉送上聲援。

（可惡！我什麼忙都幫不上！）

無論是正面交鋒或是瞄準破綻攻擊，對歐肯都起不了作用。

就算我展開突襲，頂多也只能幫忙爭取到一點點時間。

「……你們還是逃走比較好。」

鏡中女子突然這麼說。

「咦！」

這讓我倍感意外。我原本以為這傢伙很無情，沒想到她還會說這種話。

「啊，不……不對，我怎麼……我為什麼會說這種話……」

「對喔！說的沒錯！謝謝妳！」

雖然鏡中女子似乎為自己的發言感到困惑，但這並不重要。

一如德斯帕先生所言，歐肯是波吉的天敵。不能在完全沒有作戰計畫的狀態下跟他交手。

我朝波吉這麼吶喊，同時大力揮手。

「波吉！我們逃走吧！」

但他只是朝我瞄了一眼——然後搖搖頭。

「過度相信自己的力量，然後等著被對手殺死嗎？真是愚蠢……」

鏡中女子有些無奈地輕喃，這句話我可無法當作沒聽到。

「才不是！」

我忍不住提高音量。

「波吉是覺得自己必須應戰才行！因為要是不這麼做的話，大家都會被殺死！所以他才不打算逃！波吉從來不會為自己著想！他一直都……他總會先為其他人著想啊！」

在通往冥府的巨大洞穴裡，波吉拯救了吸入毒氣而奄奄一息的我——那時他自己明明也很痛苦。

他還企圖拯救受傷的魔獸——儘管對方剛剛才攻擊過自己。

此外——他還願意跟我做朋友，即使我有著任何人看了都覺得詭異的樣貌。

「……你在哭嗎？」

「妳……妳少囉唆啦！」

「是嗎……為了其他人……落淚啊……」

鏡中女子輕聲說道。

不知道是不是我多心了——她說這句話的嗓音聽起來莫名溫柔。

「波吉！波吉？」

這時，跟歐肯交手的波吉，散發出一股有些異樣的氛圍。

將細劍舉到眼前的他緊緊咬牙，身體也止不住顫抖。

「他是怎麼了？」

「波吉……打算殺死歐肯，他要用劍刺歐肯的要害……」

波吉的能力，是確實鎖定對手的要害攻擊。

巧妙運用的話，波吉就能在不傷害對手的情況下打倒他；不過，反過來說，他也可以透過攻擊要害的方式，致對手於死地——就像德斯帕先生說的那樣。

如果攻擊要害無法讓歐肯暈厥，就只能殺死他了——波吉恐怕是這麼想的。

他不願意殺人，但又不知道其他解決方法，所以無法調適好自己的心情。

「殺死？沒用的……歐肯是不死之身，沒有打倒他的方法。你就這麼轉告他吧。」

「妳說什麼！意思是，歐肯永遠不會死嗎？」

德斯帕先生之所以說歐肯是波吉的天敵，就是基於這個原因嗎？

力氣很小的波吉，只能透過攻擊要害的方式來打倒敵人，但歐肯卻是不死之身——這樣波吉絕對贏不過他。

「波吉！波吉！那傢伙是不死之身啊！」

我衝向波吉這麼大喊。

「總之，你先喘口氣吧！逃到歐肯追不到的城牆上頭去！」

聽到我的指示，波吉馬上做出反應。他一邊迴避歐肯的攻擊，一邊在樹木之間跳躍，最後順利逃到城牆上方。

「好，接下來……」

就先從這裡撤退，重新擬定作戰計畫吧——在我這麼想的時候。

仰望著波吉的歐肯，這時突然轉過頭。

他的視線落在被五花大綁的撲克身上。

「噫噫！」

歐肯撲向表情因恐懼而扭曲的撲克。

「啊嗚！」

無法坐視不管的波吉再次跳下城牆。

他趕到兩人之間，擋在撲克前方保護他。

（可惡……你人太好了啦，波吉……）

這樣的話，波吉根本無法休息啊。

「喂！喂！」

我跑回那面鏡子所在的地方。

「沒有能夠打倒歐肯的方法嗎？既然妳知道那傢伙是不死之身，應該也知道怎麼打倒……」

說到這裡，我突然發現一件事。

（這傢伙為什麼知道歐肯是不死之身……？）

鏡中女子突然給我一種很詭異的感覺。

這傢伙的真實身分究竟是——

「……妳到底是什麼人？」

我和鏡子拉開一段距離，警戒地這麼問道。

猶豫片刻後，鏡中女子開口了。

「我是……米蘭喬。」

米蘭喬——是德斯哈之前提過的名字！

她同時也是殺害波吉媽媽的兇手！是應該已經死去的人！

「妳就是幕後黑手？」

中場休息．黑暗中的光明

「這裡……是哪裡啊……」

睜開雙眼時，戴達發現自己身處一片無邊無際的黑暗之中，他只能勉強看到自己的腳邊。這裡完全是個封閉的世界。

「被阿庇司突襲後，我就被關進某個地方了嗎？不，可是……」

世上真有能夠把光線隔絕得如此徹底的地方嗎？

「魔鏡！魔鏡，妳在哪裡！」

沒有人回應戴達的呼喚聲，他也沒有聽到回音。

這個空間恐怕相當寬敞——直覺這麼想的戴達，開始小心翼翼地踏出步伐。

戴達的不安成真了。

無論他走了多久仍看不到任何東西。因為沒有光，他甚至不知道自己是不是筆直前進著。

不知道走了多久之後——戴達的心慢慢被吞噬。

「難道我一輩子都會被關在這個黑暗的牢籠之中嗎？」

不安孕育出來的恐懼，化為壓垮戴達的絕望。

「我不要……我不要！」

最後，他終於停下腳步，然後癱坐下來。

自己真的變成孤單一人了——這幾乎要讓戴達捨棄繼續活下去的動力。

然而，就在這時——

『現在馬上就把戴達還給我！』

戴達聽到了一個聲音。被關進這片黑暗裡頭後，他第一次感覺到其他人的存在——

而且，他隨即發現那是生母希琳的聲音。

「母后！母后！」

戴達竭盡力氣從原地起身。

他朝著希琳嗓音傳來的方向前進。

「母后！我在這裡！」

戴達拚命呼喊，同時伸長自己的雙手——然而，一道看不見的牆阻止他往前。

『不要緊！母后一定會把你救出來！』

那個令人懷念的聲音變得愈來愈遙遠。

「母后！別走啊，母后！」

儘管戴達這麼哀求，希琳的聲音還是消失了。

「啊啊……母后……」

止不住的淚水從戴達的眼眶溢出。

好不容易盼到的救贖之手，最後卻無情地拋下自己離去。

徹底的寂靜再次籠罩戴達。

什麼都看不見、什麼都聽不到——這是跟內心湧現的不安之間的戰鬥。

這時，一段回憶在戴達腦中復甦。

—•—•—•—•—•—•—•—•—•—•—•—•—

那是他過去微服探訪國內城鎮的時候。

貝賓帶著戴達到鎮上到處逛，檢視國民們的生活。

那天，戴達看到一名男子。

「戴達殿下，請您看看那個人，他耳朵聽不見、雙眼也看不到。」

「你說什麼……為什麼會有這樣的人存在！」

那時的他相當瞧不起波吉這個沒用的哥哥，所以不禁感到煩躁。

實在太弱小、太悲慘了。

這樣的人活著有何意義——戴達是真心這麼想。

「換作是我的話，我會馬上自盡！」

聽到戴達如此斷言，一旁的貝賓以勸誡的語氣這麼回應。

「意思是，要是陷入相同的處境，您就會失去活下去的自信嗎？不過，他跨越了這樣的難關，至今仍好好活著……可見得是一名強者啊。」

「我……」

面對貝賓的質疑，戴達一句話都說不出來。

因為這中肯到讓他啞口無言。

——・——・——・——・——・——・——・——・——・——・——・——

「什麼都看不見、什麼都聽不到……現在的我就跟那個人一樣啊……」

戴達領悟到，他此刻身處的狀況，跟過去被自己鄙視的人相同。

他終於明白自己的出身背景有多麼優渥、身處的立場又占了多大的優勢。

這些後悔和反省的念頭，不禁讓戴達想起他的哥哥。

「我現在所在的世界，就是王兄平常所看到的世界嗎……」

耳朵聽不見、也無法說話——會讓戴達選擇「自盡」而放棄人生的狀況。

儘管如此，王兄仍好好活著。至此，戴達終於明白波吉有多麼堅強。

「我是從什麼時候……開始鄙視王兄呢……」

年紀還很小的時候，戴達和波吉經常感情融洽地玩在一起。

希琳曾告誡戴達，波吉的身體生來就有一些缺陷，所以她希望戴達能夠變強，以便保護這樣的王兄。聽到她這麼說時，戴達對此沒有感到半點疑問。

戴達的轉變——始於他和魔鏡的相遇。

魔鏡總會給戴達各式各樣的建議，但同時也為戴達植入「他是優秀的天選之人」這樣的觀念。

於是，曾幾何時，戴達開始認為波吉是弱者，也變得瞧不起這樣的他。

「我……真是個傻瓜。」

繼承父親的王位，成為一名了不起的國王——戴達年幼時期的心願，不知不覺被魔鏡的阿諛奉承扭曲，變成「鄙視弱者，才是自己身為強者的證據」。

「好……好像有什麼聲音？」

這時，一陣細微的聲音傳入戴達耳中。

聽起來像是幼童在輕聲啜泣。

戴達努力睜大眼睛，觀察自己的周遭。

他發現一處地面透出微微的光亮，有個人影蜷縮在那裡。

「妳是從哪裡來的？出口在什麼地方？」

戴達衝到人影身旁，宛如連珠砲似地丟出問題，但在看到對方的模樣後，他不禁噤聲。

那是一名少女。

看起來比自己更年幼的她，以雙手環抱著肩膀不停顫抖。

我豈能比她還驚慌失措呢——戴達深呼吸一次，讓心情平靜下來。

「不要緊的。我們一起離開這個地方吧。」

為了讓少女安心，他試著這麼搭話，但對方仍只是一味啜泣。

「我沒有錯……我才沒有錯呢……」

「妳怎麼了？妳在害怕什麼……」

想探頭看清楚少女的容顏時，戴達突然感受到一股寒意，因此又抬起視線。

周遭出現好幾個盯著他和少女看的人。

「好可怕……好可怕啊……不要這樣啦……」

「別說了！」

一名女子大聲斥責害怕的少女。

「那是我們想說的話！妳這個罪大惡極的存在！」

「該死的傢伙！」

「誰要幫助妳啊！」

在女子開口後，其他人也接二連三地開始咒罵少女。

「才不是這樣！騙人！你們都騙人！」

像是為了逃避眾人的怒罵那樣，少女以雙手抱住自己的頭。

但戴達看到了——那雙手少了手腕以下的部分。

「妳的手……」

再次望向少女的臉後，戴達吃驚地瞪大眼睛。

少女的臉上戴著面具。那是個沒有立體造型、只將雙眼和嘴巴的部分挖空、平板而樸素的面具。

「妳……到底是……」

戴達震驚到上半身往後仰。

「這孩子啊……殺了我們呢，殺了好多好多的人。」

女子像是要揭發少女的惡行那樣開口，接著又是一連串的指責。

「我們好痛、好難受啊！」

「我們的國家原本和平又富庶，人民也善良又聰明呢！」

「但這孩子來到我們國家之後，卻破壞了一切！」

毫不留情的敵意貫穿了少女。

「騙人！你們都騙人！」

少女開口否定。雖然嗓音很微弱，但她仍沒有認同這些人的說法。

為了逃離刺耳的責罵聲，少女拔腿奔跑——卻在半路不小心跌倒，臉上的面具也因為衝擊而脫落。

「面具……我的面具……」

看著少女拚命尋找面具的樣子，戴達替她撿起面具，然後來到少女面前蹲下。

將面具遞給少女後，她抬起頭——戴達也因此看到了。

少女有著一張潰爛醜陋的臉。

「妳的臉是怎麼回事！妳……妳這怪物！」

因為過於震驚，戴達不禁這麼脫口而出。

少女撿起從他手中掉落的面具，在原地蹲了下來。

「才不是、才不是呢！我是女孩子。我將來要當公主的呀……」

少女的啜泣聲響遍了這一帶。

「她很醜陋對吧？」

女子訕笑道。

「是我們做的。」

「我們撕下她的臉皮，把這樣的她展示給所有人看。」

「為了不讓她抵抗，我們還砍斷她的手。」

現場的男男女女以愉悅的表情這麼說，彷彿這番作為讓他們引以為傲似的。

這讓戴達感到——非常的噁心。

他覺得好像看見了過去的自己。

高傲地自詡為強者，覺得這樣的自己唾棄弱者是理所當然——他不禁把這些人的身影跟先前的自己重疊在一起。

（弱小並不是罪過！）

他默默地在心中為方才咒罵少女是怪物的行為道歉，接著衝向人群。

不分男女老幼，他揮拳將那群指責少女的人全數打跑。

最後，戴達走回少女身邊。

「喂，我是戴達。妳叫什麼名字？」

感到困惑的少女為了該不該回應戴達而猶豫起來，但看到他朝自己露出溫柔的微笑後，她終於輕聲開口。

「……米蘭喬。」

「米蘭喬啊，很好聽的名字。」

決定守護這名少女——米蘭喬的戴達，邁開腳步，換了一個氣勢百倍的站姿。

「米蘭喬，別輸給這些傢伙。」

說著，戴達怒瞪包圍著他們倆的群眾。隨後，這些人一個接一個地消失了。

最後，這片黑暗中只剩下戴達和米蘭喬兩人。

「消失了嗎……那些傢伙究竟是什麼東西？」

「你……」

米蘭喬怯生生地向戴達搭話。

「你跟伯斯大人認識嗎？那個，因為你身上有著跟他相同的氣味……」

「妳認識我的父王？」

「父王？伯斯大人是你的父親？可是，他應該沒有小孩才對……大概是我認錯人了吧。」

少女輕聲得出這樣的結論。

雖然對少女的態度存疑，但戴達決定先想辦法解決眼前的困境。

「我想離開這個地方，妳是從哪裡來到這裡的？」

聽到戴達這麼問，米蘭喬只是搖搖頭。

「謝謝你幫助我……不過，我已經不要緊了……」

語畢，米蘭喬獨自邁開步伐。

戴達朝她的背影呼喚。

「喂，妳待在我身邊吧。」

「咦？」

「這樣比較安全。」

戴達對米蘭喬露出自信的笑容。

被關進這片黑暗之中，雖然讓戴達感到孤單無助，但比起這名少女的遭遇，他已經幸運許多了。

這樣的話，自己可得振作一點才行——這麼想的戴達挺起胸膛。

「放心吧。我一定會帶妳離開這個地方，米蘭喬。」

第十章．卡克的戰鬥

「米蘭喬……妳就是幕後黑手嗎？」

我連忙從嘴裡吐出一把劍。

我壓根沒想到，一連串事件的主謀竟然就在自己眼前。

「呵……或許是吧……」

被我惡狠狠瞪著的鏡中女子——米蘭喬以有些落寞的嗓音輕聲回應。

我不知道她這樣的反應有什麼含意。

把冥府的囚犯放走，還企圖讓他們顛覆波吉祖國的罪魁禍首，事到如今才突然覺得懊悔難過嗎？

（……啊，現在不是在意米蘭喬的時候！）

波吉和歐肯的戰鬥仍持續著。

儘管沒有能夠打倒歐肯的手段，波吉依然勇敢地和他對峙。

要是自己逃走，歐肯八成會轉而攻擊其他人——因為明白這一點，即使自知沒有勝算，波吉也只能繼續應戰。

相較之下，歐肯的猛攻從不間斷，彷彿在嘲笑只能任憑疲勞不斷累積的波吉。

波吉已經無力反擊，光是要閃躲歐肯每一次的攻擊，便讓他筋疲力竭。

「波吉！」

看不下去的我，忍不住想趕往波吉身旁。

就算波吉百般不願意，現在也必須讓他離開這裡才行。

然而——波吉沒有讓我這麼做。

不僅如此，他甚至還刻意做出讓自己離我愈來愈遠的行動。

「混蛋！我怎麼可能丟下你自己逃跑啊！」

我是波吉的朋友。

在朋友陷入危機的時候，怎麼可以丟下對方逃走呢！

可是……

（我沒辦法參與戰鬥！我什麼都做不到！）

自己的無能為力，真的讓我好不甘心。

在我一籌莫展的時候，歐肯逼近波吉眼前。

他對著動作變得遲鈍的波吉高舉起劍。

「住手！住手啊——！」

我忍不住這麼吶喊的下一刻——有個東西從視野之外飛了過來。

那個物體直接飛向波吉和歐肯，深深刺進兩人之間的地面。

天空緊接著開始隆隆作響——隨後，一道閃電擊中插在地上的那個物體。

落雷的衝擊，讓波吉和歐肯都吃驚得上半身往後仰。

「那是……」

吃驚又搞不清楚狀況的我，聽到盔甲的金屬摩擦聲和腳步聲朝這裡靠近。

「你們沒事吧，波吉、卡克！」

「德……德斯帕先生！還有隊長！」

是上氣不接下氣的德斯帕先生和隊長。

「波吉！你很努力喔！」

德斯帕先生開口慰勞已經累得全身無力的波吉。

「不愧是我的徒弟！我以你為榮！」

「沒錯！就是這樣，德斯帕先生！波吉真的很努力喔！他為了保護大家……」

因為實在很想讓其他人明白波吉付出的諸多努力，我提高音量這麼說。

然而，波吉臉上卻一直都帶著不甘的表情。

他完全拿歐肯沒轍——或許是對這樣的自己生氣吧，淚水開始占據波吉的眼眶。

「波吉！你只要日後繼續成長就好，不需要覺得自己是個無力的存在。」

德斯帕先生以十分溫柔的語氣鼓勵波吉。

儘管察覺到波吉心中的不甘，德斯帕先生仍全面肯定這樣的他。

「你們看起來好像覺得自己已經取勝了啊。」

米蘭喬以這句話破壞了現場的溫馨氣氛。

「幹嘛啊！妳這個……看我把妳摔成碎片！」

再也按捺不住的我，把放在椅子上的那面鏡子高高舉起。用力將它砸在地上的話，應該至少會出現裂痕吧。

然而，米蘭喬完全沒有因此慌了手腳，只是任由我這麼做。

「妳……妳不反抗嗎？」

「就算想反抗，憑我一個人也無能為力。」

「妳這個……」

沒錯，鏡中的米蘭喬非常無力，不管我對她做什麼，她都沒有保護自己的手段。

（面對這樣的對手……就好像是我單方面在欺負她一樣呢……）

想起過去波吉和戴達的那場比試後，怎麼也下不了手的我，最後默默把鏡子放回椅子上。

「妳到底是什麼東西啦！」

「我嗎……是啊，我到底是什麼東西呢……」

這混蛋——米蘭喬這種彷彿不關己事的態度，真的讓我恨得牙癢癢的。

（別管這傢伙了！現在是波吉比較重要！）

我趕到德斯帕先生身旁。

「看來，我的長槍似乎弄巧成拙，發揮了避雷針的效用呢。」

「這也是沒辦法的事，下一波攻擊一定會命中。兄長……？」

德斯帕先生和隊長似乎在商討什麼。

我看到德斯帕先生以手掩嘴，然後嘰哩咕嚕地小聲說話。

下一刻，烏雲在天空中浮現。

（打算再次降下落雷嗎！）

似乎也察覺到這一點的歐肯，轉身企圖從原地逃跑。

「豈能讓你逃走！」

隊長朝歐肯追了上去。

歐肯伸出自己的雙手，像之前那樣陸續射出小石頭。

但隊長打掉了每一顆小石頭。

歐肯困惑地往後退了好幾步。

這時，天空閃過一道光芒。

雷擊朝著歐肯落下。

確實瞄準歐肯的這道落雷，直接劈中他的身體。

（成功了！）

我和德斯帕先生不禁以手握拳。

然而——從漫天飛揚的塵土中現身的歐肯，依舊以自己的雙腳站立著。

「為……為什麼！」

「他讓頭部和心臟避開雷擊了嗎……用手中那把劍！」

歐肯握劍的右手朝天空高高舉起，焦黑的痕跡從他的右手一路延伸到左腳。

電流從他右手的劍一直線竄向左腳，所以沒有對頭部和心臟造成損傷。

「咕哇！」

歐肯朝德斯帕先生和隊長衝過來。

迅速拔出短劍迎擊的隊長主動朝歐肯衝了過去。

歐肯以手中的劍擋下隊長揮過來的短劍。

短劍和長劍相交，隊長和歐肯也激烈衝突——而後，隊長的身體無力地癱軟下來。

歐肯的劍彈飛了隊長手中的短劍，然後貫穿他的胸口。

「隊……隊長！」

糟糕，再這樣下去，大家都會被殺掉！

「啊～嗚～」

波吉努力試著再次和歐肯對峙。

為了保護我們，他用盡自己殘存的力量。

（可惡！我又只能依賴波吉了嗎？又只能讓他隻身應戰了嗎？）

有沒有……有沒有什麼我也能做到的事——在我這麼苦思的時候，德斯帕先生突然放聲大喊。

「我在這裡，歐肯！」

為了吸引歐肯的注意力，他往前踏出一步。

歐肯的視線落在德斯帕先生身上。

「由我德斯帕來當你的對手！」

「德斯帕先生！」

他怎麼——這太亂來了！

德斯帕先生或許很擅長協助別人變強，但他本身的戰鬥能力並不強啊！

連波吉都打不過歐肯了，他怎麼有辦法應付呢！

「快住手，德斯帕先生！你會被殺掉的！」

「我不能在此刻退讓。因為他……因為歐肯跟我，還有兄長之間，有一段怎麼也斬不斷的緣分呢。」

「你在說什麼啦！」

德斯哈、德斯帕先生跟歐肯之間的緣分——我聽了也只是一頭霧水。

這時，我察覺到一件事。

德斯帕先生盯著歐肯看的眼神，與看著深惡痛絕的對象時的眼神不同。感覺——似乎帶著些許溫柔的情感。

「好啦！我要上嘍！」

說著，德斯帕先生朝歐肯衝了過去。

歐肯將手中的劍對準他舉起。

「我的武器是分析能力和直覺！你的第一招會是突刺！」

德斯帕先生以分毫之差躲過了歐肯的攻擊。

接著，他以雙手緊緊環抱住歐肯的手臂。

「我不會棄你於不顧的，絕對不會……好了，我們就這樣一起被雷劈吧。」

（他打算跟歐肯一起被落雷直擊嗎！）

為了不讓歐肯躲開——震驚的同時，我也真心感到恐懼。

能夠做此決定的德斯帕先生，他的覺悟令我恐懼不已。

「德斯帕先生！」

歐肯使盡渾身解數拚命掙扎，但德斯帕先生怎麼都不肯放手。

德斯帕先生臉上浮現平靜的微笑——就在這一刻。

他唐突地望向什麼都沒有的半空中。

「怎……怎麼了，歐肯……你想做什……」

然而，德斯帕先生的視線並沒有落在歐肯本人身上。

他彷彿在對某個看不見的人說話——又像是在回想昔日過往。

「你說……現在還不用救你？我還有其他必須幫助的人？這是……這是什麼意思啊，歐肯……」

德斯帕先生像是說夢話那樣囁嚅。

不知不覺中，他也放鬆了原本緊箍著歐肯的力道。

「危險啊，德斯帕先生！」

我連忙這麼大喊——但來不及了。

歐肯的劍刺穿了德斯帕先生的胸口。

「德……德斯帕先生！」

在我們驚慌失措的時候，歐肯還打算再給德斯帕先生第二擊。

「啊噫啊～喔！」

波吉撲了過去，將歐肯瞄準德斯帕先生的那一劍撇開，接著再予以反擊。

他以細劍連續使出突刺，粉碎了歐肯身上的盔甲。

也因此順利讓歐肯遠離德斯帕先生。

我連忙趁這個機會趕到德斯帕先生身旁。

「德斯帕先生！德斯帕先生！」

我不停呼喚德斯帕先生的名字，同時將手按上他的胸口。

雖然很微弱，但他還有脈搏。

「波吉！德斯帕先生還活著！」

我轉頭大喊，但波吉似乎連擔心我們這邊的餘力都不剩了。

以黏稠液體將破碎盔甲完整修復好的歐肯，再次對波吉展開攻擊。

只能一味防禦的波吉，看起來撐得很勉強。

「再這樣……再這樣下去，波吉會被打趴！我能夠做到的……我能夠做到的事情是什麼啊！是什麼！」

現在可不是說自己打不過歐肯的時候，可不是讓波吉一個人苦撐的時候。

無論是多麼細微的事情，只要能幫上波吉的忙，我就得馬上行動！

不過，我這步棋走錯了。

因為我的內心湧現與之一戰的念頭，歐肯現在也將我視為敵人了。

他開始緩緩朝我靠近。

（可惡！可惡！）

歐肯駭人的魄力讓我無法動彈。明明想起身奮戰，身體卻僵硬得不得了。

原來我是如此無力嗎……

「啊呃！」

在歐肯逼近我的眼前時，波吉從後方撲向他，整個人攀在他的背上。

「波吉！」

你來救我了嗎──這樣的安心感，在下一刻徹底被抹煞。

臉上浮現詭異笑容的歐肯，用劍刺向自己的身體。

劍尖貫穿歐肯的身體──然後刺中波吉的右腳。

「波吉！」

因劇痛而眉頭緊皺的波吉，從歐肯的背上摔了下來。

「波吉！波吉！」

怎麼會──他為了救我……為了保護我！

歐肯朝已經動不了的波吉逼近。

他反手握劍，將它對準波吉高高舉起。

不要——不要不要不要不要！

我絕對不要波吉死掉！

「波吉！」

回過神來時，我已經朝歐肯撲了過去。

我一口氣張大嘴巴，一口氣——張大到足以將那傢伙完全包覆住的程度。

（我要保護波吉！）

然後直接將歐肯吞下。

我要把那傢伙關進自己的肚子深處，讓他再也跑不出來。

「啊呃！」

波吉露出鬆了一口氣似的表情。

我強忍著喘不過氣的感覺，以笑容回應波吉。

（我也能幫上波吉的忙呢！）

高亢的情緒從內心湧現。

可是——

「啊啊，竟然做出這般愚蠢的……」

米蘭喬以彷彿看開一切的語氣這麼開口。

我好不容易打倒歐肯了耶，這傢伙真是讓人——不——爽——

（咦……？）

奇怪，好像哪裡怪怪的。

有什麼壓迫著我的肚子深處，而且那個東西逐漸膨脹。

感覺像是要從肚子裡頭冒出來——

「嘎！」

一瞬間，我還沒能理解發生了什麼事。

原本以為那股壓迫感終於消失了，但我的意識卻愈來愈模糊。

最後映入眼簾的，是波吉悲痛欲絕的表情，還有——

從我的口中探出來的，歐肯的那把劍。

中場休息．相遇

在波吉和歐肯奮戰的同時，占據戴達肉體的伯斯仍待在地牢裡頭。

貝賓來到這樣的伯斯面前。

他沒有像阿庇司那樣倒戈向米蘭喬，沒有像德魯西那樣誓死守護希琳，甚至沒有像多瑪斯那樣服從伯斯——只是憑藉自身的信念行動。

而他的信念正是「扶持戴達成為國王」。

貝賓仔細觀察王國混亂的現狀，思考該如何達成自己的信念，最後選擇像這樣現身在伯斯面前。

「……伯斯陛下。」

貝賓開口呼喚。

「那面魔鏡究竟是何方神聖？您真正的目的又是什麼？」

「……你問這些要做什麼？」

伯斯平靜地反問。

「我想把戴達陛下找回來。」

竟然當著我的面說這種話啊──伯斯臉上浮現淺淺的笑意。

「……那面魔鏡名為米蘭喬，對我來說是像孩子又像母親，更像良師的存在……也是我比任何人都更重視、珍惜的人物。」

伯斯開始娓娓道出自己的過往。

─・─・─・─・─・─・─・─・─・─・─

我還年輕時，曾為了習武而遊歷各地。有一次，一心想和魔法師交手的我，造訪了以魔法立國的琺摩國。

琺摩國的人，能夠使用魔法這種原本只有諸神能夠驅使的東西；然而，琺摩國也是第一個表態反抗諸神的國家。

在那個時代，諸神陸陸續續征服了各大國家，將人民化為自己的奴僕。早一步察覺到此事的琺摩國，為了抵抗這樣的諸神而起身奮戰。

當初，我向米蘭喬的父親挑戰。她的父親是一名十分優秀的魔法師，我們的戰鬥持續到雙方都精疲力盡的最後一刻。

明白要是不使出渾身解數就會敗陣下來的我，竭盡全力應戰，最後殺死了米蘭喬的父親。

儘管險勝，我也身受重傷。然而，他的妻子——亦即米蘭喬的母親，卻替我治療傷勢。

「請等一下。我曾聽聞琺摩國是個利用魔法，做出各種殘虐非人之事的國家……實際上不是這樣的嗎？」

不，那個國家的人都很善良，尤其是米蘭喬的母親。她善良到甚至會為殺死自己丈夫的我擔心。

所以，我決定留在琺摩國，一起陪伴年幼的米蘭喬長大。米蘭喬十分聰慧，魔力也很強，是個跟媽媽很相似的善良孩子。

之後，隨著和諸神之間的戰況愈演愈烈，我也協助琺摩國應戰。

雖然琺摩國不斷在戰爭中獲勝，但只要吃一次敗仗，一切優勢都會隨之瓦解崩塌。諸神的勢力就是如此強大。

於是，珐摩國選擇和加古察這個國家合作。

加古察的國民和珐摩的國民同樣是人類，所以珐摩國相信兩國必定能互相理解。

然而，前者其實有著和後者恰恰相反的個性。

「恰恰相反……？」

沒錯，但珐摩國的人沒能察覺到這一點。

加古察國的城鎮落後又窮困，因此珐摩國投注大量資金，為加古察國推行各項改革。

給他們工作、指導他們魔法，讓加古察國富裕發展。

然而……加古察的國民並沒有因此心懷感激。

對於總是受到其他國家支配、飽受掠奪的加古察人來說，活著就是要欺瞞他人，對他人展現出來的良善，即為自身弱小的象徵。

這就是加古察的國民個性。儘管珐摩國指導他們魔法、讓他們的祖國變得富庶，他們卻相當鄙視這樣的珐摩國人。

跟諸神交戰時，加古察國也沒能成為珐摩國的助力。

一旦戰況變得不利，加古察人就會拋下同伴，爭先恐後地逃離戰場；相反地，在戰況變得有利時，他們會以泯滅人性的方式，來虐待淪為諸神奴僕的他國國民。

而他們這般殘暴的行為，被世人當成琺摩國的罪狀。

「是這麼一回事啊……琺摩國的臭名，原來背後隱藏著這樣的真相……」

因為戰爭而消耗過度的琺摩國，逐漸無力和諸神抗衡。

這種情況下，加古察國會如何行動？

「……背叛琺摩國……嗎？」

正是如此。

加古察國倒戈，轉而支持諸神勢力。

接著，他們對盡心盡力協助加古察國發展的米蘭喬及其母痛下毒手。

米蘭喬的母親被殺害，她本人則是身受重傷，還被當成展示品。

「展示品……？」

加古察人撕下米蘭喬的臉皮、砍斷她雙手的手掌，再用鎖鍊將她拴在大街上。

他們就只是看著米蘭喬受苦的模樣。

我從戰場上返回加古察國時，沒有半個人對可憐的她伸出援手。

「竟有如此殘虐的……」

因震怒而發狂的我，開始屠殺加古察國的人。

不分男女老幼，只要是出現在視野裡頭的人，我一律格殺勿論。

之後，我帶著可憐的米蘭喬離開。

我原本想親自動手，讓她從痛苦的人生解脫，但最後還是懷抱著一線希望去拜訪一名魔法師。

我以加古察人的屍體做為材料，讓魔法師替米蘭喬恢復原本的樣貌。

然而，她的心無法復原，深深受到傷害的她，跌入了絕望深淵。

因此，我決定跟這樣的米蘭喬一起活下去。

為了替她找回笑容。

「是過去這段悲慘的體驗改變了她呢。」

不，不是這樣的……

—・—・—・—・—・—・—・—・—・—・—・—

「隨著歲月流逝，米蘭喬也慢慢振作起來。然而，背叛、傷害、改變了這樣的她的人……正是我。」

伯斯否定貝賓的說法。

「這是為什麼…」

貝賓話說到一半，一隻小蛇爬向他的腳邊。

小蛇一路爬上貝賓的肩頭，在他耳畔嚅囁了幾句。

「……伯斯陛下，我現在要趕往波吉殿下身邊。」

聽到貝賓以凝重的表情這麼說，坐在牢房裡的伯斯抬起頭。

「波吉……也是。是你指示那孩子到德斯帕身邊，讓他成長而變得強大。」

這樣的波吉，目前陷入了苦戰是嗎——聽到伯斯提出的疑問，貝賓點點頭。

「我可能會視情況……破壞那面魔鏡。」

聽到貝賓這句話，伯斯緊緊咬牙，看起來一臉欲言又止的表情。

離開地牢後，貝賓朝小蛇報告中提到的石磚廣場前進。

出現在那裡的，是身體被撕裂的卡克、倒在血泊之中的波吉和德斯帕，以及——以及為了保護這兩人，賭上性命和歐肯對峙的密茲瑪達。

儘管試著揮舞自己巨大的軀體來與之抗衡，但歐肯畢竟是不死之身，密茲瑪達無法打倒他，只是讓身上的傷口不斷增加。

「你在做什麼！」

瞬間暴怒的貝賓從歐肯的後方逼近，再抽刀砍向他的腰部，歐肯的身體因此被一刀兩斷。

「貝賓大人！」

「你還好嗎，密茲瑪達？」

在關心密茲瑪達傷勢的同時，貝賓仍對歐肯投以高度警戒的視線。

整個人被攔腰砍斷的他，傷口開始滲出神祕的黏稠液體，將上半身和下半身重新接合在一起。

「貝賓！」

德魯西也在這時現身。他的身邊還跟著阿庇司、多瑪斯和霍庫洛。

「我們聽到一聲巨響，所以趕過來一探究竟，但這是……？」

看著正在復活的歐肯，多瑪斯吃驚地這麼問。貝賓答道：

「這傢伙是不死之身，只能設法牽制他，讓他陷入無法抵抗的狀態。」

聽到他的回答，多瑪斯露出有些壞心眼的笑容。德魯西也在折了折手指之後，擺出雙手握拳的備戰架勢。

「多瑪斯大人！」

趕到倒地的波吉身旁後，霍庫洛開口呼喚。

「波吉殿下一直在流血！再這樣下去的話……」

「唔……不過，就算請希琳殿下趕過來，她的魔力也已經耗盡了。」

德魯西以苦澀的表情回應。

「……不對，還有一個人能施展治癒魔法。」

聽到貝賓這句話，四天王們全都面面相覷。

「話是這麼說沒錯，可是……」

「只能靠我們在這裡撐住了。」

面對因擔憂而垂下頭的多瑪斯，德魯西以充滿幹勁的發言回應。

「……我知道了，那就由我打頭陣吧。」

說著，多瑪斯舉劍走上前。

「波吉殿下變強了，強大到相當驚人，是連我都敵不過的程度。雖然你贏過這樣的他，但這只是因為波吉殿下的細劍不適合用來對付身為不死之身的你罷了……我的劍可不好應付喔。」

多瑪斯一邊這麼對歐肯開口，一邊朝他逼近。

接著，他一口氣高高跳起——砍斷了歐肯的左手。

不過，歐肯也馬上撿起自己的左手臂，將它接回原處。

既然這樣，就轉而破壞歐肯的劍吧——多瑪斯這麼想，但歐肯也再次讓破碎的劍恢復原狀。

再不然，就單純以自己的劍技制服歐肯吧——多瑪斯這麼想，然而，因為歐肯是不死之身，無論讓他遭受多少傷害，都沒有意義。

「多瑪斯，單打獨鬥是行不通的。」

德魯西將手放在多瑪斯的肩頭上。

「我們可是伯斯王國的四天王！現在，王國最大的威脅出現了，我們四天王可得齊心協力面對才行！」

「哼……還真會說大話。但這樣也不壞。」

德魯西這番發言，讓貝賓露出壞心的笑容，一旁的阿庇司也沉默地點點頭。

接著，四人默契十足地吶喊出聲。

「我們是最後一道防線！」

第十一章・卡克的戰鬥、伯斯的戰鬥

回過神來時，我發現自己待在一處陌生的河畔。

放眼望去，這一帶只有裸露的岩石，看起來十分荒涼。

「我為什麼會在這種地方啊？直到剛才，我應該都還……」

我試著回想方才的事，卻覺得腦袋彷彿蒙上一層霧氣，思緒也變得相當模糊。

「怪了……」

在我百思不解的時候——一個懷念的、令人懷念不已的嗓音傳入耳中。

「小克！小克！」

那是我許久不曾聽見的聲音——原本以為不會再聽到第二次的聲音。

「媽媽……？媽媽！」

媽媽正在對側的河岸朝我用力揮手。

我不由自主地朝小河衝過去。

（是媽媽！我可以再次見到媽媽了！）

這樣的想法填滿了我的腦袋。

「快點來呀，小克！」

「我現在就過去，媽媽！」

我把停在河畔的一艘小船推進河裡，划著槳準備到對岸去。

我想到媽媽那裡去——我的腦中只有這件事。

『不行啊！穿越那條河的話，你就再也無法復活了！』

這時，我突然聽到一陣呼喚聲。

我轉頭望向人聲傳來的方向，但沒看到半個人。雖然感到有點疑惑，但我還是努力將小船划向前方。

「小克！小克！」

『卡克！不行啊！快回來！』

媽媽的聲音跟那個奇怪的聲音混在一起。

不過，一心想和媽媽重逢的我，仍繼續划著小船往前。現在，小船跟岸邊只剩一小段距離了。

然而，就在這時，小船突然緊急煞住。

我轉頭一看，岸上有個女孩子拉住了聯繫著小船的繩子。

「要是你在那邊上岸，就再也無法回來這裡嘍。」

「妳是……誰啊？」

「你對人世沒有任何眷戀了嗎？」

人世、眷戀——她在說什麼啊？

我只是想過去跟媽媽團聚——咦？

跟媽媽團聚？但媽媽不是已經死了嗎？

「我……」

這裡究竟是哪裡，而我正打算做的事情，又意味著什麼——至此，原本遲鈍的大腦終於開始運轉。

（對喔……我還有重要的東西，有重要的人在！）

我怎麼忘了呢？我可是為了那個人，才一直努力到現在啊。

現在，我還不能跟那個重要的人道別。

我想看看他會迎向怎樣的未來，想看看他描繪的夢想成形。

因為他——是我最重要的朋友。

『啊呃——！』

我清楚聽到了。

呼喚我的名字的、我最重要的人的聲音——波吉的聲音！

「波吉！波吉！」

我連忙四處搜索波吉的身影。

雖然他不在我可見的範圍之內——但我相信波吉也在這個地方。

「小克，快過來媽媽這裡，你的生命已經走到盡頭了。來吧……」

媽媽在岸邊朝我伸出手。

一直好想見的媽媽就在眼前，只要伸出手，我就能碰到她。

然而，我沒有伸出手，只是將雙手緊緊握拳。

「媽媽……我想幫助波吉。」

回過神來時，我發現自己哭了起來。媽媽也哭了。

明明兩人這麼靠近，卻無法碰觸彼此——這讓我好不甘心、好不甘心。不過，我還是抹去臉上的淚水。

「媽媽……我還有沒做完的事情呢。」

聽到我這麼說，媽媽的眼眶裡瞬間溢滿淚水。

不過，她還是朝我露出笑容。

「是嗎……是嗎？原來是這樣呀！那你就好好去把它完成吧！」

媽媽壓抑想跟我團聚的念頭、捨棄想緊擁我入懷的衝動，用這句話從後方推了我一把。

「小克……讓媽媽好好看看你的臉……」

媽媽從河畔探出身子。

我走到小船的前端站著。

我們就在彼此眼前，伸出手就能互相觸碰——不過，我選擇捨棄這般渴望。

所以，至少也要讓自己的臉龐深深烙印在對方的腦海裡——為此，我和媽媽凝望著彼此的臉。

「加油喔，小克……」

我轉身背對媽媽，划著小船返回出發的岸邊。

「就算你回來，也救不了任何人喔。」

回到一開始所在的河畔時，剛才拉住繩子的女孩子這麼對我說。

她的態度和說話方式，讓我察覺到一件事。

「妳是米蘭喬對吧？妳為什麼要幫助我？」

「……不為什麼。」

我試著這麼詢問，但這個女孩子——米蘭喬只是將視線從我身上移開。

「……算了，沒差。雖然不知道為什麼，但我還是得跟妳道謝。謝嘍。」

「我沒做什麼需要讓你道謝的事，剛才不過是我一時興起罷了。」

「這樣啊？」

現在這個米蘭喬，跟鏡子裡頭的米蘭喬是同一個人。不過，對話起來的感覺卻不太一樣。

鏡子裡頭的米蘭喬是個冷若冰霜的傢伙，但現在這個米蘭喬有點不一樣。

好像比較有人情味一點。

「是說，妳為什麼會在這種地方啊？這裡應該是……」

位於生死交界處的世界吧——我大概明白了。

不過，我不知道米蘭喬為什麼會出現在這裡。

「……對我來說，這裡是長伴自己左右的地方。無論是醒著或是睡著的時候，我一直都待在離這裡很近的地方。」

「我聽不懂妳在說什麼耶……」

這裡可是生與死的交界處耶，妳說自己一直待在離這裡很近的地方？

意思是——妳雖然活著，同時卻也已經死了嗎？

「呵……你不用試著理解，這是正正當當過日子的人所不需釐清的疑問。因為我締結了不被允許的契約，這是我應受的懲罰。」

「不被允許的……契約……？」

米蘭喬有些悲傷地道出的這句話，我終究還是沒能夠理解。

「至今，我一直不覺得自己這份心意是錯的。無論得犧牲誰、得犧牲什麼，我都想實現那位大人的願望。我發誓要這麼做……可是……可是啊，我現在突然有另一種想法……」

或許，不是我想實現那位大人的願望，而是我希望那位大人懷有「想要米蘭喬替我實現願望」這樣的想法罷了——米蘭喬一點一點道出自己的心聲。

雖然她看起來是在對我說話，但我總覺得她這番話，其實是說給不在這裡的某個人聽。

「呵……就算跟你說這些，明明也改變不了什麼啊。」

米蘭喬自虐地笑道。

不過，她臉上的笑容——總讓我覺得有點溫暖。

「……算啦！總之，謝謝妳出手救我一命啊！」

語畢，我轉身背對米蘭喬和河川，然後向前奔跑。

得趕快回到波吉身邊才行——腦中只有這個想法的我不停往前跑。

最後，我醒了過來。

—•—•—•—•—•—•—•—•—•—•—

恢復意識的時候，我發現眼前還站著的人只剩下歐肯。

其他人不是暈過去，就是倒在地上痛苦呻吟。

包括波吉、德斯帕先生、之前曾看過的四天王那幾個傢伙，還有霍庫洛。

歐肯俯瞰著倒地的眾人，同時還發出詭異的笑聲。

（在我暈過去的時候，這些人也奮戰過嗎？可是……還是打不贏歐肯……）

總之，我先趕往波吉和德斯帕先生身邊。

「波吉、德斯帕先生，你們沒事吧？」

「是卡克嗎……太好了，你順利回來人世了啊……」

儘管痛苦不已，德斯帕先生仍朝我微笑。

「你把歐肯吞下肚之後，被再次復活的他貫穿身體，所以一度在死亡邊緣徘徊呢。為了保護這樣的你，波吉被歐肯砍傷了……」

「怎麼會！波吉！」

我伸手搖晃波吉的身體。

身上到處都沾滿鮮血的他，呼吸變得相當微弱。

「紅著眼的男子替你治療了傷勢，所以你撿回一命。但波吉就……」

「他沒有替波吉治療嗎？」

「我也不明白為什麼。男子像是被誰操控那樣，搖搖晃晃地朝你走過去，然後只替你治療傷勢……」

不過，有一點是可以確定的——德斯帕先生沉下臉。

「再這樣下去，不只是波吉，在場的所有人都會因為出血過多而死……」

「……我該怎麼做才好？」

現在，還能行動的人只剩下我了。

我必須做點什麼才行。

「隊長是最後的希望，他能夠施展止血的招式。得設法讓隊長過來為大家止血……」

「我知道了。」

我試著在不被歐肯發現的情況下，動身前往隊長所在的地方。

途中，我看到了那面鏡子。

被放置在椅子上，映出一個黑色人影的魔鏡。

（米蘭喬……）

要是沒有她，我恐怕會直接穿越那條河到媽媽那裡去，然後再也無法回來這裡。

託那傢伙的福，我現在才能在這裡——

（難道……替我治療傷勢的……）

不——這些問題晚點再來想。總之，我得馬上趕去隊長身旁才行。

歐肯現在將注意力集中在其他地方，所以是大好機會——

「嘎哈！」

事情來得很突然。從原地起身的隊長，正準備靠近歐肯時——卻被後者的劍貫穿了胸口。

順利止血的他，或許是打算對歐肯展開突襲吧，結果卻被彷彿預測到這一點的歐肯砍傷。

「隊長！」

我不自覺地大喊。這麼一喊，也讓歐肯發現了我的存在。

歐肯朝我這裡走過來。

（糟糕糟糕糟糕！）

現場已經沒有能繼續戰鬥的人。德斯帕先生、四天王和密茲瑪達全都身受重傷，無法動彈。

「啊……呃……」

就在這時，波吉搖搖晃晃地爬起身。

他以無法對焦的雙眼望向歐肯，握著細劍的手也有氣無力。

「波吉！不行！你不能站起來！」

你再繼續應戰的話，可是會死的！你已經遍體鱗傷了啊！不是能繼續戰鬥的狀態！

「波吉，拜託你！別再勉強自己了！」

我的乞求未能如願。波吉仍站在原地，他還是選擇繼續奮戰。

歐肯對著這樣的他揮下手中的劍。

「波吉——！」

一切都結束了——我忍不住閉上雙眼的瞬間，腳下突然感受到強烈的震動。

撼動整片大地的震盪，讓我的身體幾乎被震到麻痺。

我詫異地睜開雙眼，結果映入視野的——是戴達。

手持巨大棍棒的戴達——

（不對……他雖然有著戴達的樣貌，但裡頭可是霸占兒子肉體的瘋子老爸呢！）

不知道這傢伙會做出什麼事——內心湧現不安的我，連忙趕到波吉身旁。

但我晚了一步。

伯斯那傢伙，突然用棍棒一把將波吉打飛。

我撲到伯斯身上，用盡吃奶的力氣毆打他。

「混蛋！你幹什麼啊！」

然而，我的力氣不可能比得過巨人族。

伯斯將我揪起，然後隨手扔到一旁。

「如果能死得痛快點，會比較輕鬆吧。」

朝受傷的眾人一瞥之後，伯斯以平靜的語氣這麼說。

接著，他開始凌遲大家。

無論是四天王還是密茲瑪達——完全沒有餘力反擊的他們，都被伯斯抓起來扔出去，堆疊成一座小山。

「那就是……復活的伯斯王……」

德斯帕先生勉強從原地起身。

伯斯將目光移向他身上。

「你就是德斯帕嗎？波吉似乎受你照顧了啊。」

伯斯露出不懷好意的笑容。

「嗚……兄長，請你用雷……」

「沒用的。」

德斯帕先生以手掩嘴，開始低聲說話。但伯斯的視線貫穿了這樣的他。

「雷擊對我沒用，不，應該說任何攻擊都一樣……這點你也明白吧？」

面對伯斯遊刃有餘的態度，德斯帕先生默默垂下頭。

冷冷地俯瞰德斯帕先生的背影後，伯斯放開手中的棍棒。

（他想做什麼？）

是要給德斯帕先生最後一擊嗎——我瞬間焦急起來，不過，結果並非如此。

伯斯將雙手伸向波吉和德斯帕先生。接著，他的掌心透出光芒。

光芒籠罩了波吉等人的身體——同樣沐浴在這道光之下的地面，也開始萌生花草。

「那道光是？」

跟希琳施展治癒魔法時的情況相同——我發現了這一點。

這道光不僅治癒了波吉和德斯帕先生，連四天王和霍庫洛等人都慢慢恢復。

大家吃驚地用手到處摸自己的身體，臉上也浮現無法理解現況的表情。

「是戴達陛下施展了從希琳殿下那裡承襲而來的治癒魔法？」

貝賓這麼喃喃自語。不過，現在是波吉更重要。

「波吉！波吉！」

我趕到波吉身邊。看起來傷勢已經徹底痊癒的他，以拳頭輕敲自己的胸膛。

「你真的沒事了嗎？」

我這麼再次確認後，波吉在我面前靈活地舞動手腳，向我展現他康復的狀況。

「好耶～！」

我忍不住擺出雙手握拳的勝利姿勢。

原本以為一切都玩完了，也因此萬念俱灰的我，看到波吉再次變得充滿活力，不禁有些欣喜若狂。

（……啊，現在不是開心的時候啊。）

原本提防著伯斯的歐肯，現在大步朝這裡走來。

重新復活的波吉握住細劍，準備上前阻擋他——卻被伯斯攔下。

（難道他老爸是站在我們這邊的……？）

看著伯斯的背影，我似乎感受到他不想讓波吉戰鬥的心意。

面對伯斯看似袒護自己的行動，波吉不禁感到困惑。這時，德斯帕先生將手放在他的肩頭上說道：

「波吉，對於歐肯，我們已經束手無策了。」

所以，現在就讓別人來對付他吧——德斯帕先生這麼說，波吉失落地垂下雙肩。

看到波吉的反應，德斯帕先生「啪！」地重拍一下他的背。

「不要沮喪！適時依賴他人，也是很重要的一件事。就交給他吧。」

雖然，還不知道能不能全盤信任伯斯王這個人就是了——德斯帕先生補上這一句。

看來，他似乎也無法斷言這點。

「啊嗚！」

或許已經順利切換心情了吧，不甘的情緒從波吉臉上消失。

他朝伯斯走近，比手畫腳地向他表達謝意。

感謝他替大家治療傷勢。

不過，伯斯看起來並不明白波吉想表達的意思，所以我便代替波吉開口。

「他在跟你說謝謝。」

「是嗎……真是個坦率善良的孩子。」

波斯的表情變得柔和了一些。

「那麼……你又是誰？」

「對喔，說起來，這是我們第一次見面。我叫卡克，是波吉……最好的朋友喔！」

雖然有點害羞，但我還是挺起胸膛這麼自我介紹。沒有半點不安或猶豫。

聽到我這麼說，波吉也用力點頭附和。

「是嗎……」

望著我們倆的伯斯輕輕點頭，然後將視線移回歐肯身上。

「波吉！卡克！」

德斯帕先生在一段距離外向我們招手。

我和波吉好奇地朝他走近後，德斯帕先生轉身背對伯斯，這麼對我們說：

「伯斯王還不見得跟我們同一陣線呢。你們這麼做太危險了！」

「是……這樣嗎？」

他剛才替大家治療了傷勢耶——我不解地歪過頭，但德斯帕先生只是神色緊張地朝伯斯偷瞄。

「……他無疑是幕後黑手，是我們的敵人呢。」

「連這個世上最強的吾兒都打不過的對手嗎？真令人血脈賁張……雖然想這麼說，但面對無法以言語溝通的對手，實在興奮不起來啊！」

邁開雙腳站在歐肯面前的伯斯，以蠻力將手中的棍棒往上揮。

歐肯迅速迴避這一擊，然後瞄準伯斯的手腕揮劍。

刀刃精準地砍中伯斯的手腕。

伯斯的手要被砍斷了——我忍不住閉上雙眼。

然而——現場沒有任何一個人發出慘叫聲。

我戰戰兢兢地睜開眼睛——然後看到砍中伯斯手腕的刀刃出現裂痕。

「你以為一般的劍對我管用嗎？」

伯斯的臉上滿是從容。

「原本就具備巨人族力量的伯斯，現在因為身型縮小，力量跟著濃縮，反而讓他變得更刀槍不入了嗎……」

德斯帕先生冷靜地分析。

「打得贏！這下打得贏了！這是不死之身跟無敵之人的戰鬥！不愧是伯斯陛

下！」

多瑪斯開心地這麼吶喊。

（什麼無敵啊……明明就是波吉比較強！）

雖然有些不悅，但我沒有開口反駁。

就算現在不爭辯，大家也早晚會明白這樣的事實。

（不過，嗯……他確實很強呢。）

將目光移向戰場的我，雖然有些不情願，但還是不得不認同伯斯的強大。

歐肯以接二連三的攻擊逼近伯斯。

但伯斯沒有逃跑，以自己的身體接下歐肯的每一個攻擊。

儘管如此，他身上卻不見半個明顯的傷痕。

（對了……如果事實就像德斯帕先生說的那樣……）

繼歐肯之後，伯斯將成為我們的敵人。

到時候，他刀槍不入的優勢，對我們會是一大威脅。

我悄悄靠近波吉。

他正以熾熱的眼神遠眺伯斯戰鬥的模樣。

「波吉。」

我伸手拉扯他的衣袖。

「如果歐肯打贏，就是我們輸了。不過，要是你老爸贏了……就換成你要打倒他喔！」

你可不能只顧著敬佩他戰鬥的樣子喔——我這麼忠告波吉。

在我跟波吉說話的時候，伯斯與歐肯的戰鬥變得更加激烈了。

轉而採取攻勢的伯斯不斷逼近。

歐肯無計可施，就只是單方面被他驚人的力量壓倒。

最後，伯斯終於使出關鍵一擊——被他揮出的棍棒直接砸中的歐肯，下半身變得支離破碎。

歐肯失去下半身，地面也形成一片血海。

雖然是令人不忍卒睹的慘狀，但歐肯仍活著。

被截斷的斷面開始蠢動，準備讓新的身體重生。

像是為了阻止歐肯重生那樣，伯斯再次揮下棍棒重捶他的身體。

他以幾乎無法用肉眼捕捉的高速揮動棍棒，歐肯的身體也因此化成一灘肉醬，變得完全看不出原本的模樣。

儘管如此——歐肯還是沒有死。

他四處飛散的破碎肉片再次聚集，慢慢凝聚出人類的外型。

「喂喂喂……這已經不是能用不死之身四個字帶過的狀態了吧！」

我不禁轉頭詢問德斯帕先生。

「嗳！為什麼歐肯都不會死啊！那種不死之身的構造……到底是怎麼一回事啊！」

跟我們一起觀戰的德斯帕先生，此時露出了落寞的神情。

「……歐肯是我跟兄長的弟弟，他是冥府之王薩圖恩跟人類生下的孩子。」

「弟弟？你說他是你弟弟？」

這是我初次耳聞。

不過，被他這麼一說，我也覺得德斯帕先生至今面對歐肯的態度，似乎跟單純面對一個罪犯的態度不同。

「不同於我和兄長，歐肯雖然擁有優秀的體能，卻完全沒有繼承到父親的超凡能力。然而，二十五歲的時候，長生不老的力量卻突然從他體內覺醒……」

之後，這股力量讓歐肯慢慢迷失自我，還殺死了好幾名冥府騎士團的騎士，因此淪為階下囚──德斯帕先生告訴我這麼一段過往。

（所以，對德斯帕先生來說，殺死歐肯，就等於是殺死自己的弟弟嗎……）

明白德斯帕先生已經做好這樣的覺悟後，會覺得他看著歐肯的表情莫名透出一股悲傷，恐怕也是理所當然的了。

「不要緊的，卡克。我已經做好覺悟，所以現在才會在這裡。雖然歐肯是我的弟弟，但我不會因為這樣的理由袒護他。」

我只想將他從痛苦之中拯救出來而已──德斯帕先生這麼輕喃。

「不過，從現況看來……」

身為不死之身的歐肯，真的相當難纏。

即使身體被碾成肉醬、手腳被扯斷、變成一堆支離破碎的肉片──他仍企圖恢復人類的形體。

這樣下去，雖然歐肯不可能打贏伯斯，但伯斯感覺也無法打贏他。

而伯斯似乎也對這點心知肚明。

在歐肯試圖復原時，他舉起拳頭，一拳捶向地面。

接著，他從地底拖出一塊巨岩。看到他驚人的力量，我們全都目瞪口呆。

（他是想用那塊石頭，把歐肯壓在底下嗎……）

我這麼猜測，但伯斯想的跟我不同。

他隨手將巨大岩石扔向一旁，轉身面對還在恢復的歐肯。

接著，他以肉眼無法捕捉的速度猛揮棍棒，將歐肯的身體搗成肉醬。

最後，伯斯以自己的雙手不斷擠壓歐肯的身體，將其壓縮成只剩巴掌大小的尺寸。

「他……他打算做什麼啊……」

我嚥了嚥口水，看著伯斯握住變成圓球狀的歐肯——將他連同自己的手臂一起插進巨石當中。

伯斯將手臂抽出來時，他的掌心裡已經不見歐肯的影子——歐肯變成球狀的身體，就這樣被伯斯嵌進巨石裡頭。

「他……他做到了！」

歐肯的呻吟聲從巨石裡頭傳來。

不過，他沒有像之前那樣恢復人形，只是持續發出感覺很痛苦的聲音。

「那傢伙真的太不妙了……」

這下子——或許連波吉都會有危險。

當然，我並不質疑波吉的強大。只是，伯斯的強大，足以徹底粉碎我相信波吉也很強大的想法。

解決掉歐肯後，伯斯轉過來望向我們所在的方向。

所有人一下子慌了起來——這也是當然的，畢竟剛剛才目睹那樣的戰鬥經過。

不過，只有波吉不一樣。

現在，輪到我努力了——這麼鼓起幹勁的他，將細劍握在手中，以鼻子用力噴氣。

「波吉！波吉！那傢伙真的很不妙啦！」

「凹欸喔！」

「你說交給你……就說不行了啦！」

波吉沒有聽我的勸阻，逕自朝伯斯走去。

史上最糟糕的父子之戰即將開打。

中場休息．母與子

這是在伯斯即將和歐肯交手前發生的事——

—·—·—·—·—·—·—·—·—·—·—·—

替所有跟魔獸戰鬥時負傷的人治療完畢後，希琳領著德魯西和安，前往伯斯的所在處。

途中，一行人發現了倒地不起的阿庇司。

「阿庇司，你怎麼了？臉色看起來很蒼白……是中毒了嗎？」

德魯西來到阿庇司身旁坐下，並開口呼喚他。

「米……米蘭喬大人被帶走了……」

阿庇司試著起身，但他的身體不聽使喚。

猛咳了幾聲後，鮮血從他的嘴巴流淌下來。

「我只是……想替那位大人排解痛苦，然而……因為我的愚蠢，導致一切都往壞的方向發展……」

說著，阿庇司揪住德魯西的肩膀，噙著淚水懇求他。

「救救那位大人吧……拜託你……」

聽到他的乞求，德魯西轉頭望向希琳。

他希望希琳可以拯救阿庇司——然而，阿庇司是過去一度背叛希琳的人。

不知該怎麼對希琳開口的德魯西，一時之間說不出話來。

不過，希琳很快就做出判斷。

她站到阿庇司面前，一臉嚴肅地俯瞰著他，然後敞開自己的雙臂。

「解毒！還有……力量！」

伴隨這聲吶喊，她將自己的左手抵上阿庇司的腹部。一圈光暈開始從她的掌心向外延展。

接著，希琳又將右手抵上阿庇司的胸口，光芒也因此擴散到周遭的地表。

大量的花草抽出嫩芽，覆蓋了這一帶的地面。

「……好溫暖。」

感覺從痛苦中解放的阿庇司，以安詳的面容閉上雙眼。

「呼……呼……呼……這樣就結束了，魔法藥水跟魔力都被我用盡了呢。」

因為過於疲憊，希琳無力地跪坐在地。

而後，她這麼對阿庇司開口。

「所以……你自己去救她吧。」

這句話讓阿庇司有如大夢初醒那樣彈起身。

「為……為什麼……我說不定還會再度背叛您啊……」

「因為……我相信波吉一定能拯救我們所有人。」

希琳腦中浮現兩個波吉的身影。

一個是過去的波吉——耳朵聽不見、也不會說話，總是一個人到處閒晃玩耍的稚嫩少年。

另一個是現在的波吉——能夠獨自和基剛特斯對峙，卻也不曾忘記關懷傷者，擁有一顆善良之心的堅強少年。

「我想要相信……從那孩子身上感受到的希望。」

這麼表示的希琳，眼中沒有半點迷惘。

就在這時，一個腳步聲靠近。

是另一波敵人來襲嗎——德魯西和安為了保護希琳而擺出備戰架勢。

不過，現身的是多瑪斯和霍庫洛。

「多瑪斯！」

看到他的瞬間，希琳的臉隨即脹紅。對於多瑪斯一度企圖殺害波吉的行為，她心中的怒氣仍沒有消散。

「希琳殿下！屬下真的感到萬分抱歉！」

多瑪斯拋下自己的劍，跟霍庫洛一起在希琳的眼前下跪叩首。

「屬下不認為自己能輕易求得您原諒！但現在，屬下已經做好把這條命獻給波吉殿下的覺悟！」

「屬下也一樣！這次，屬下必定會保護波吉殿下到最後！」

兩人一起在希琳面前宣誓效忠波吉。

看到這樣的他們，原本氣得緊緊咬牙的希琳，最後重重嘆了一口氣。

「……我原諒你們！給我好好效力吧！」

她以這樣的條件寬恕了兩人。

「你們倆先前去過地底一趟對吧？有在那裡遇到波吉嗎？」

「是！波吉殿下從德斯哈王所率領的冥府騎士團手中拯救了我們……以及這個國家！」

「德斯哈王？那是誰呀？」

希琳轉頭詢問德魯西。

「是在國王排名上位居第二名的冥府之王。」

聽到德魯西的回答，希琳愣了一下。

「所以……」

「是的，波吉殿下真的做了非常了不起的事情！」

面對霍庫洛毫不吝嗇的大力稱讚，希琳的嘴角開始止不住上揚。

「那麼，波吉之後到哪裡去了？」

「這個……因為我們在地底就跟波吉殿下分頭行動，所以……」

這時，阿庇司代替支支吾吾的多瑪斯開口。

「我之前遇見波吉殿下時，他往那一邊的方向跑走了。」

「這樣呀……雖然想追上他的腳步，不過……」

因為再三過度驅使治癒魔法，希琳現在已經累得全身無力。無法再次施展治癒魔法的她，就算想去協助波吉，也無法幫上他的忙——希琳很清楚自己目前的狀態。

「阿庇司，你負責帶路。德魯西、多瑪斯，還有那個……你叫霍庫洛對吧？你們跟著他一起去。我現在只會成為波吉的包袱，所以要跟安一起留在這裡。」

語畢，希琳朝安瞄了一眼，安也點頭表示理解。

「屬下明白了。那我們要出發了，希琳殿下！」

阿庇司走在前頭，領著德魯西等人前進。

希琳目送這樣的眾人背影離去。

之後的事情，只能交給他們了——希琳這麼想，然後在原地坐了下來。

「妳還好嗎，希琳？」

「嗯，現在可不是說喪氣話的時候。既然已經幫不上忙了，我至少不能拖累別人……」

「妳努力過頭了啦……」

安很無奈似地聳了聳肩。

之後，又過了一段時間。

在地表傳來劇烈的震盪後，她看到阿庇司等人前進的方向出現了炫目的光芒。

「那光芒是……」

跟自己的治癒魔法一樣——希琳察覺到這一點。

能夠施展治癒魔法的人並不多。

就希琳所知的範圍，除了她以外，能施展治癒魔法的人，只有自己的親生兒子戴達。

「難道……戴達回來了？」

希琳焦急得坐也不是、站也不是。

「喂，希琳！」

「對不起，安！我要過去那裡！」

即使明白自己幫不上忙、只會扯後腿，一想到戴達可能在那個地方，希琳還是忍不住拔腿衝出去。

—・—・—・—・—・—・—・—・—・—・—・—・—

戴達跟米蘭喬一起待在黑暗之中。

米蘭喬倚著他的腿靜靜地睡著。

「這孩子……過去到底發生過什麼事……」

那些人用來辱罵米蘭喬的不堪言語，此刻浮現在他的腦海裡。

她殺了很多人，讓很多人陷入痛苦之中——他們這麼說。

「這種事有可能嗎……？」

戴達總覺得難以置信。

如此年幼的孩子，就算對那麼多成年人下手，應該也不至於造成太大的危害才是。

他們的指控中摻雜著謊言，不過，恐怕也不全然都是謊言。

哪些部分是真、哪些部分是假，戴達無從判斷起。

「米蘭喬……妳究竟……」

戴達不自覺伸手輕撫米蘭喬的面具。

就在這時——一段影像浮現在戴達腦中。

「這是……父王的記憶嗎！」

出現在影像裡的，是伯斯年輕時的身影。

在珧摩國和米蘭喬相遇、跟她一起生活、之後遭到加古察國背叛、讓米蘭喬變成現在這副樣貌的光景。

「是嗎……原來是這麼一回事……」

目睹米蘭喬所遭遇的不幸，戴達露出心痛的表情。

這時，米蘭喬的身體突然開始發光。

戴達正感到詫異時，她的身體再次出現變化。

被砍斷的手腕生出完好的手掌，臉上的面具也出現裂痕。

在裂開、破碎的面具之下，是米蘭喬遭到施暴前完好如初的臉蛋。

「喂！」

戴達將米蘭喬搖醒。

醒來後，看到自己雙手復原，米蘭喬先是吃驚不已，接著又用手觸摸自己的臉，才發現臉蛋也恢復原狀了。

「雖然不知道為什麼，但妳受傷的地方全都恢復啦！太好了！」

戴達很開心，但米蘭喬卻並非如此。

一滴淚水從她的眼眶溢出，隨後，她的身體從腳尖開始慢慢消失。

「喂！等等，別走！別丟下我一個人！」

他又要被獨自留下了嗎——戴達忍不住開口懇求米蘭喬，但後者在消失的瞬間，朝他露出淺淺的微笑。

「謝謝你……我一定是得救了……所以你馬上也會……」

「馬上也會？馬上也會什麼啊！」

米蘭喬笑而不答。

隨後，她的身影就這樣消失無蹤。

「可惡！可惡！馬上也會什麼啦！為什麼不告訴我啊！」

這麼咒罵的同時，另一段影像浮現在戴達腦中。

他看到躺在床上的伯斯，以及長大成人的米蘭喬。

影像裡頭的米蘭喬這麼說——想延長壽命的話，請您生個孩子吧。

伯斯搖搖頭——巨人族的女性一輩子只能生一個孩子。

米蘭喬再次央求——那麼，就請您再迎娶一位妻子吧。

「再迎娶一位妻子……是指母后嗎？」

戴達隨即察覺到這一點。同時，他也發現米蘭喬和魔鏡有著相同的嗓音。

「原來……米蘭喬就是魔鏡嗎……」

同時，米蘭喬要求伯斯再生一個孩子，以便讓自己繼續活下去的發言——那正是要伯斯利用戴達來延長自身壽命的意思。

「怎麼會……原來我不過是為了父王而存在的軀殼嗎！所以，妳才要我……要我……！」

戴達將自己無法負荷的情緒一股腦宣洩出來。

「米蘭喬！我要讓妳……讓妳……！」

戴達的啜泣聲沒能傳達給任何人，就這樣消失在黑暗裡頭。

第十二章．當最強對上無敵

波吉和打倒歐肯的伯斯對峙。

這會是一場很不妙的戰鬥——雖然這讓人忍不住想逃，但我還是努力留在原地。

身為波吉的友人，我認為自己必須留在這裡看到最後。

伯斯終於開始行動。

他大剌剌朝波吉靠近——然後直接從他身旁走過。

我、波吉和其他關注這場戰鬥的人，全都因為伯斯這樣的舉動愣住。

在眾目睽睽之下，伯斯朝魔鏡——米蘭喬所在的地方走去。

「讓妳久等了，米蘭喬，我聽見妳痛苦煎熬的聲音啊。」

伯斯單膝跪地，伸出手輕撫魔鏡。米蘭喬顫抖的嗓音跟著傳來。

「啊啊，伯斯陛下……我做了無法挽回的事情。我應該把對您的仰慕之情藏在心底就好，但我卻……」

接著，米蘭喬像是在懺悔那樣娓娓道出一切。

因為巨人族的女性一輩子只能生一個孩子，死期逐漸逼近的伯斯，如果想繼續延命的話，就只能再生一個孩子，然後占據他的肉體。

為此，米蘭喬殺死波吉的母親，讓伯斯迎娶希琳為第二任妻子。

為了讓伯斯復活，她願意不惜代價犧牲一切——米蘭喬原本是這麼想的。然而，在分隔陽世與陰間的三途川將卡克救回來時，她也在那裡遇見了自己的母親和波吉的母親。

兩人指責她不人道的行為，還表示這麼做無法讓任何人得到幸福。

因為這樣，米蘭喬開始不明白自己至今的所作所為，究竟是不是正確的了。

米蘭喬噙著淚水道出這些。

『對不起，伯斯陛下……對不起……』

「是嗎……妳找回人心了啊。」

伯斯溫柔地回應。

「不過，妳所做的一切都是為了我。但我卻沒有向妳提示其他未來的可能性，只是一味依賴妳。米蘭喬，就讓妳的痛苦全都回歸虛無吧。」

「伯斯陛下！您是說……」

米蘭喬發出驚嘆聲。

但伯斯臉上仍帶著微笑。

「若是我輸了……我們就一起走吧。」

—•—•—•—•—•—•—•—•—•—•—•—

隨後，伯斯從魔鏡前方起身，轉過來望向我們。

他的表情已經沒了方才那股溫柔。

「要是打算把戴達的身體從我這裡搶回去，我會殺了你們；不過，宣誓效忠我的話，我倒是可以留你們活口……」

此刻的伯斯，是個只讓人感到恐懼的存在。

宛如過度強大的暴力的聚合體。

「好啦，做出決定吧！要效忠於我，或是為了戴達而死！二選一吧！」

這已經不是能靠說服或談判來解決問題的狀態了。

「波吉！不能跟他打啦，波吉！」

幾乎要被不安壓垮的我，只能這樣央求波吉。

我滿腦子都是不想再看到波吉受傷的想法。

然而，波吉還是搖了搖頭。

兄弟倆以前感情還很好的時候，戴達對他照顧有加，所以他現在不能退讓——波吉這麼說。

除了義務和正義感以外，他的表情還透出一股責任感。

拯救自己的夥伴、國家，然後以哥哥的身分拯救弟弟——我看見了波吉這樣的決心。

因此，我也做好了覺悟。

「是嗎……是嗎！我明白了！我們一心同體！要死也要一起死！」

既然波吉已經做出決定，我也得有所覺悟才行，不然怎麼稱得上是朋友呢？

「是嗎……那你們要追隨誰？」

伯斯望向四天王這麼問。

「我要追隨波吉殿下！我不會再誤判自己的前行之路了！」

率先回答這個問題的人是多瑪斯。

他說話的氣勢，給人願意為了波吉奉獻性命的感覺。

或許是被這樣的多瑪斯影響吧，其他三人也跟著表示相同意見。

「好耶！波吉，大家都站在你這邊喔！」

回過神來的時候，我發現波吉目泛淚光。

被這麼多人深深信賴——對波吉來說，想必是人生頭一次的體驗吧。

「喀喀喀……是嗎？」

伯斯平靜地笑出聲。

「……那我就殺光所有人。」

下個瞬間，他散發出來的氣勢吞噬了眾人。

為了保護波吉，四天王不服輸地守在他的前方——但波吉又走到這樣的他們的前方。

四天王爭先恐後地表示自己能應付伯斯。

不過——德斯帕先生開口制止了他們。

「這麼說很抱歉，不過，那不是你們能夠匹敵的對手。你們只會在什麼都做不到的情況下白白送命。」

聽到德斯帕先生中肯至極的判斷，四天王等人也只能默默退下。

在眾人注目下，波吉朝伯斯走近。

他沒有舉起細劍，以看似破綻百出的狀態逼近伯斯。

「要上嘍！」

這麼大喊的瞬間，伯斯舉起巨大的棍棒衝向波吉。

他以足以將波吉砸成肉醬的力道揮下棍棒——然後直接命中波吉。

衝擊和揚起的滿天塵土籠罩了我們。

然而——這不是因為棍棒擊中了波吉。

而是因為它碎裂了。

「波吉！」

波吉在千鈞一髮之際避開了棍棒，再以細劍攻擊它。

看到手中的棍棒碎成片片，伯斯不禁咬牙。

波吉再次乘隙以細劍展開攻擊。

伯斯的表情因苦澀而扭曲。

「竟然！」

在場眾人無不吃驚得瞪大雙眼。

這正是王者之劍——多瑪斯這麼大喊。

（好強！是波吉占上風呢！）

波吉的劍術能命中對手的弱點。伯斯或許是無敵的，但畢竟他現在附身在戴達的肉體上。

所以，這樣的伯斯必定有弱點——只要鎖定它，波吉就是最強的。

「唔……哼！」

伯斯企圖以折斷的棍棒繼續應戰，但波吉的每一道攻擊都精準不已。

和伯斯正面交鋒的他，不斷以細劍施展突刺。

伯斯的意識開始模糊。無論誰來看，他都沒有勝算。

儘管如此，伯斯仍沒有倒下。他是以毅力和體力在硬撐。

「再這樣下去，你會死喔。」

德斯帕先生冷靜地給予忠告。

下個瞬間，伯斯的表情變了。

他筆直望向波吉——然後眼泛淚光。

「真是強大……不，這也是理所當然。畢竟我的力量原本是屬於你的東西。」

這樣的話，結果顯而易見了——這麼輕喃後，伯斯轉身背對波吉，拖著無力的身軀邁開步伐。

他前往的方向——是米蘭喬的所在處。

「啊啊……伯斯陛下……」

「抱歉，米蘭喬……至少讓我親手將妳……」

伯斯揮下手中的半截棍棒。

那面鏡子就位於棍棒落下的位置。

他打算用自己的手結束這一切——我察覺到了這一點。

明白自己打不過波吉的伯斯，打算跟米蘭喬一同赴死。

而米蘭喬也能理解伯斯的想法，所以完全不抵抗，欣然接受這樣的安排。

（這樣……就好了嗎？）

魔鏡粉碎的話，米蘭喬就會死。

一連串事件的黑幕死了，問題也會跟著解決。

可是——這樣就好了嗎？

讓米蘭喬當壞人，把所有責任都歸咎於她身上，所以她死了就皆大歡喜……是這麼一回事嗎？

（才沒有……這回事呢！至少波吉不會因為這樣而感到開心！）

我抬頭仰望波吉。

他以悲傷的表情望向米蘭喬所在的方向。

我馬上明白了——波吉跟我的想法一樣。

所以，我推了波吉的背一下。

「快去！」

雖然只是短短兩個字，但波吉確實理解了我的意思。

「啊嗚！」

他往地面一蹬，在下個瞬間逼近伯斯眼前。

波吉的細劍劃過半空中——棍棒也跟著從伯斯手中掉落。

「咕嗚嗚嗚嗚嗚……」

伯斯跪坐在地。

「至少……我希望能把這副軀體還給戴達。」

他喘著氣這麼說。

「啊啊，伯斯陛下！我竟然沒能看見您的痛苦……您明明不期望再次復活，卻為了滿足我的任性要求而……」

「不是這樣的……」

伯斯搖頭。

「是我讓妳受苦難過。妳只有我而已，明明知道這一點，我卻還是……」

「伯斯……陛下……」

以顫抖的嗓音輕喚伯斯之名後，米蘭喬輕聲對波吉開口。

「波吉殿下，請您……打碎我。這樣一來，詛咒就會解除，戴達陛下的靈魂也能回到他的身體裡。」

聽到她這句話，伯斯吃驚地起身。

但鏡中的米蘭喬嗓音不帶半點迷惘。

明白米蘭喬的意圖後，波吉沮喪地垂下頭。

德斯帕先生輕輕將手擱在他的肩頭上。

「必須在這一刻做個了結。米蘭喬本人想必也希望由你來斬斷這樣的因果循環，波吉。已經……沒有其他的解決方法了。」

儘管德斯帕先生以柔和的語氣這麼勸說，波吉仍無法馬上接受他的說法。

「德斯帕先生！為什麼要逼波吉執行這麼令人煎熬的任務啦！」

我忍不住出聲抗議，但德斯帕先生沒有理睬我。

他只是靜靜望向波吉。

面對內心天人交戰的波吉，他沒有表現出急躁或不耐煩的態度，只是默默等到波吉的情緒平靜下來，然後再次開口確認。

「波吉，你做得到吧？」

聽到這句話，波吉才抬起頭來。

他的眼中已經不見迷惘。

我要從魔神手中拯救米蘭喬——我看見波吉蠕動嘴唇這麼說。

「對不起，波吉殿下。還有……謝謝你。」

米蘭喬說完最後一句話的同時，波吉的細劍貫穿了魔鏡。

龜裂範圍隨即遍布整面鏡子，讓它徹底粉碎。

「快看！伯斯他！」

鏡子粉碎的同時，伯斯也整個人癱軟倒地。

從魔鏡竄出來的魂魄，以及離開戴達體內的魂魄，一起緩緩升上天空。

就在這時——

一頭有著異樣外型的怪物現身了。

祂詭異的樣貌，散發出冥府魔獸完全無法匹敵的不祥氣息，光看就令人汗毛直豎。

「魔神……」

我聽到有人輕聲這麼說。

「魔神？為什麼這種東西會突然冒出來啊！」

我壓根無法理解現況，但多瑪斯他們看起來似乎也是如此。

『……對不起，伯斯陛下。』

一個嗓音從天空中傳來，是米蘭喬的聲音。

『我沒辦法跟您一起升天，因為我得履行跟魔神之間的契約……』

米蘭喬接著這麼說明。

過去殺害波吉的母親時，她本人也一度瀕死。

因此，米蘭喬跟魔神簽訂契約，讓自己的魂魄移轉到鏡子裡頭。

做為代價，當她死去時，必須將魂魄獻給魔神——這就是契約的內容。

米蘭喬淡淡道出這件事。

『豈有此理！米蘭喬，為什麼只有妳！為什麼只有妳得遭受這樣的痛苦折磨啊！』

伯斯沉痛的嗓音傳來。

不過，只剩下魂魄的他——還有我們，現在完全無計可施。

往地面一蹬後，高高躍起的魔神逼近米蘭喬的魂魄，同時張開血盆大口。

德斯帕先生和隊長試著上前阻止祂，但終究是徒勞無功。

米蘭喬的魂魄被魔神吸進口中。

「啊啊……啊啊……怎麼會這樣！」

哪有這樣的結局啊——我大聲吶喊。

波吉明明強忍著悲傷，親手粉碎了鏡子！

他原本以為這麼做可以拯救米蘭喬的靈魂啊！

結果她的魂魄卻被魔神吞噬——這太不講理了！

「波吉……波吉……」

我匆匆趕到波吉身邊。

我的腦中沒有半點想法。想不出任何作戰或絕佳的計畫。

可是，波吉或許會有什麼辦法——我心中只有想要仰賴他的念頭。

而波吉他——果然很厲害。

「啊嗚！」

既不畏懼魔神、也不像我這樣陷入沮喪的波吉，以認真的表情環顧這一帶。

然後伸手指向某個方向。

中場休息・戴達復活

米蘭喬消失了——

跌落失望深淵的戴達，這時聽到一陣呼喚聲。

『戴達……戴達……』

他隨即認出這是父親伯斯的聲音。

「父王！您也在這裡嗎？」

戴達出聲回應，同時環顧自己的周遭，但眼前仍只看得到一片黑。

不過，伯斯的聲音確實存在於此，也繼續對戴達說話。

『接下來，我會讓你明白一切。這是我跟米蘭喬……還有魔神的一段記憶。』

語畢，一道光芒從黑暗中綻放。

那道光芒裡，有著年輕伯斯的身影。

—‧—‧—‧—‧—‧—‧—‧—‧—‧—‧—‧—

過去，我曾是個一心一意追求變強的男人。

但在跟米蘭喬相遇後，我的想法改變了。

跟米蘭喬在一起，讓我湧現了幸福的感覺。

然而，米蘭喬卻不是這樣。

她以為是自己耽誤了我的夢想——成為世上最強的男人的夢想。

有一天，她領著我去找恰比神。

祂是過去毀滅了米蘭喬祖國的神祇。

我趾高氣昂地向祂挑戰——然後輸了，被打得七葷八素。

這時，米蘭喬告訴我——有個能讓我實現夢想的方法。

接著，她帶我造訪某個洞窟。

出現在裡頭的——是魔神。

似乎認識這名魔神的米蘭喬，請求祂替我實現願望。

魔神開出的條件——是奪走我出世的孩子的力量，再將它傳給我。

『奪走孩子的力量？父……父王！難道王兄他……』

沒錯。

因為被我奪走了力量，波吉一出生就瘦小又無力。

『怎麼會……這樣的話，王兄未免也太不幸了！父王，您就這麼想變強嗎？』

是啊——你說得沒錯。

奪走波吉的力量後，我強大到能夠打敗恰比神，但卻沒有因此而感到開心。

只覺得——無比的空虛。

—・—・—・—・—・—・—・—・—・—・—

『戴達，父王明白自己的立場並不能拜託你什麼事。』

道出自己的過往後，伯斯繼續這麼說。

『不過，倘若你還對父王有些許惻隱之心……米蘭喬就拜託你照顧了。』

「您……您這是什麼意思，父王？」

『你馬上就會知道了……兒子啊，我很抱歉……』

伯斯話剛說完——一道光便在戴達眼前迸裂。
因光芒過於炫目而閉上雙眼的戴達，下一刻感受到不可思議的漂浮感。
他再次睜開雙眼時——籠罩自己的黑暗已不復存在。
他的眼前是破碎的魔鏡，身後則是抬頭仰望著天空的波吉和卡克。
戴達隨著他們的視線往上——看到了他曾在黑暗之中目睹的那個魔神。

——・——・——・——・——・——・——・——・——・——・——

恢復意識時，米蘭喬發現自己變回孩提時代的體型。
她以雙手抱住雙腿，蜷縮在黑暗之中。
自己已經死了——她理解了這一點。
如同之前訂下的契約內容，她的魂魄被魔神吞噬。
決定放棄一切的時候，一個小小的人影朝她靠近。
是孩提時代的魔神。他的個子跟米蘭喬差不多高——但雙眼深處卻透出詭異的光芒。

那是米蘭喬在年幼時期偶遇的魔神的樣貌。

過去曾一起玩耍嬉戲的朋友——然而，年幼魔神並沒有為重逢感到喜悅，只是淡淡地這麼開口：

「歡迎來到痛苦和煎熬永續的世界。」

這裡是這樣的世界嗎——米蘭喬只是默默接受這個事實。

打從跟魔神簽訂契約，決定在死後獻出自身靈魂的那一刻起，她便明白自己最後不會有什麼好下場，也早已放棄。

我想必會在這裡，在這個地獄裡，悲慘地在地上爬行吧——米蘭喬做好了這樣的覺悟。

而她也認為這樣的命運是理所當然的。

將自己的願望強壓在伯斯身上、讓他占據戴達的肉體、還一度想殺了波吉——這樣的自己不可能得到幸福。

她只能繼續被降臨在身上的這場災厄侵蝕——米蘭喬放棄地這麼想。

放棄、放棄、放棄——反覆洗腦自己後，她覺得輕鬆了一些。

不再有任何渴望或期待——變成沒有知覺的一堆泥土吧。米蘭喬這麼想。

「這就是我選擇的結果……」

「米蘭喬！」

下個瞬間——她眼前的黑暗開始龜裂。
光芒——炫目的光從裂縫中透出。
「伯斯……陛下……？」
不可能、不可能的——米蘭喬搖搖頭。
她已經死了，她把魂魄獻給了魔神。
她只能在這片黑暗中永遠痛苦下去——米蘭喬拚命說服自己放棄。
「米蘭喬！」
然而，呼喚她名字的聲音並沒有停止。
待眼前的黑暗碎裂，戴達的身影從光芒中浮現。
他的身旁還有波吉。
「啊啊……怎麼會……」

淚水從米蘭喬的眼眶溢出。

此刻，她覺得好開心、好幸福。

放棄一切吧——她明明已經這麼決定了。

「來，我們走吧。」

戴達朝她伸出手。

正準備握住那隻手時——米蘭喬猶豫了。

「您是……伯斯陛下嗎……？」

眼前這個人，跟她所認識的伯斯似乎不太一樣。

「我是戴達啊。」

「戴達……陛下……？」

「好啦，快過來吧！」

戴達為什麼會出現在這裡？他為什麼要拯救自己？

米蘭喬對這些一無所知。

雖然一無所知——但被戴達的溫柔笑容吸引的她，最終還是握住了那隻手。

準備走向眼前的光芒時，米蘭喬轉頭望向一直看著這裡的年幼魔神。

魔神正在和波吉對視。

魔神以好奇的表情看著波吉，波吉則是笑瞇瞇地回看這樣的祂。

當然，兩人之間沒有對話，但感覺也不是不愉快的氣氛。

不知為何，米蘭喬似乎能明白這兩人內心湧現的情感。

「謝謝」，以及「對不起」。

即使沒有透過言語溝通，他們似乎也順利將這兩種心情傳達給彼此。

接著，魔神將視線移往米蘭喬身上。

魔神的表情很難看出情緒起伏，不過，在米蘭喬離去前，祂彷彿對她露出了淺淺的笑容。

「對不起……對不起……」

米蘭喬只能一直重複這句話。

她不停道歉，直到自己走入光明之中，再也看不見那片黑暗為止。

第十三章・成為國王的條件

「啊嗚！」

該如何攻擊飛往空中的魔神——這時，波吉伸手指向霍庫洛手中那把巨大的弩槍。

「要用這個把魔神射下來嗎？」

波吉朝我重重點頭。

「好！那你上吧！」

聽到我一聲令下，霍庫洛舉起那把弩槍。

他瞄準愈飛愈遠的魔神，扣下扳機。

砰——一陣劇烈震動後，箭矢飛了出去。

箭矢筆直飛向魔神——然後墜落。

「魔神那傢伙！」

霍庫洛射出的箭矢被魔神打掉了。

真是愚蠢——魔神發出像是在這麼說的笑聲。

「那個混蛋！」

雖然很不甘心，但已經沒有其他可行的辦法了。

魔神飛到更高的地方，我們根本不可能抓住祂。

這時——

「……兄長，就是現在。」

德斯帕先生這麼嚅囁後，魔神上方開始出現不停打轉的漆黑烏雲。

在一陣閃光和轟隆隆的聲響後，落雷直接劈中了魔神。

吃了這一擊而變得全身焦黑的魔神，開始無力地往下墜。

「隊長！去給祂最後一擊！」

「是！」

接到德斯帕先生的指示後，隊長舉起他那把巨大的斧槍。

待魔神落地，他使盡全力揮下手中的武器。

他下刀的位置相當精準——魔神的頭就這樣被砍了下來。

「到手了～」

德斯帕先生撿起在地上滾動的魔神頭顱，接著高聲吶喊。

打倒魔神了——我和波吉忍不住做出雙手握拳的勝利姿勢。

「還沒有，事情還沒結束呢。」

這麼提醒得意忘形的我們後，德斯帕先生轉身面對魔神的身體。

儘管頭顱被砍下，魔神的身體仍緩緩從原地起身。

「魔神啊。如果想拿回自己的腦袋，就實現我們的願望！」

德斯帕先生這麼開口。

「你……你在說什麼啊，德斯帕先生！」

我不禁懷疑自己的耳朵。

因為魔神和米蘭喬締結契約，才會導致這一連串事情發生。

但現在，他竟然還想跟魔神談判，是頭腦不正常了嗎？

「卡克……我有個無論如何都想拯救的人呢……」

德斯帕先生以相當認真的表情這麼說。

「……我就聽聽你的願望吧。」

被德斯帕先生捧在手裡的魔神頭顱回應道。

德斯帕先生的臉上浮現淺淺的笑容。

「讓我的弟弟……讓歐肯的身體……」

「噫安凹！」

這時，波吉突然從旁插嘴。

「你……你做什麼啊，波吉！米……米蘭喬？」

「噫安凹！噫安凹！」

面對波吉突如其來的主張，德斯帕先生陷入混亂。

這時，伯斯的嗓音也混了進來。

不對，從說話口氣聽來，應該是戴達本人的靈魂回歸了。

「魔神！我也有願望！讓米蘭喬……讓米蘭喬復活吧！」

戴達的願望和波吉相同。

這兩人——都希望能夠拯救米蘭喬。

「你……你們在說什麼啊！」

德斯帕先生不悅地瞪著波吉和戴達。

這時，魔神的頭顱突然開始發笑。

只有頭顱在笑的光景，看起來詭異到極點。

魔神的身體「啪」地彈了一下手指。

接下來會發生什麼事——我們不禁繃緊神經。

隨後，某個物體從空中墜落，然後重重插進地面。

那是——被封印在冰塊裡頭的米蘭喬。

「難道！」

包括我和波吉在內，在場者無不懷疑自己的眼睛。

魂魄理應已經被魔神吞噬的米蘭喬，卻再次出現在我們眼前。

波吉、戴達和阿庇司興高采烈地朝米蘭喬跑過去。

然而——德斯帕先生不同。

他不自覺鬆開魔神的頭顱，整個人變得失魂落魄，甚至沒發現魔神本體已經將掉到地上的頭顱撿回去一事。

「這樣一來……就無法拯救歐肯了！」

他不甘地緊咬下唇。

（德斯帕先生……）

因為成功救回米蘭喬而欣喜不已的戴達和波吉，以及絕望地垂下頭的德斯帕先生——我無法加入他們之中的任何一方。

將米蘭喬從冰塊裡頭拯救出來之後，戴達緊緊抱住她的身體。

米蘭喬緩緩睜開眼睛。

「……戴達……陛下……？」

「沒錯！妳現在死而復生了！」

雖然被戴達緊擁入懷，但米蘭喬本人似乎不明白自己為何會出現在這裡。

「可是，這一切都是因我而起……」

「妳在說什麼啊！是妳讓我有所成長！因為有妳在，我才能在那片黑暗裡頭維持強大的心！」

這麼吶喊後，戴達的表情突然變得極其認真。

被他直直盯著看的米蘭喬不禁感到困惑。

「戴……戴達陛下……？」

「米蘭喬。」

「是……是的……」

「……成為我的妻子吧。」

突如其來的求婚宣言。

米蘭喬似乎一時沒能理解戴達這句話的意思，只是不停眨眼，嘴巴也張得開開的。

老實說，我也感同身受。

（那……那傢伙在說啥啊！）

別的人不選，竟然偏偏要娶米蘭喬為妻，他到底在想什麼！

他知道那傢伙至今的所作所為嗎！

雖然很想臭罵戴達一頓，但擁著米蘭喬的他卻早一步這麼宣言。

「聽好了！我不允許任何人做出危害我的妻子的行為！」

聽到他這句話，現場再也沒有持不同意見的聲音。

波吉依舊笑瞇瞇的，被喚作四天王的那幾個人看起來也一臉滿足。

所以——我更無法看德斯帕先生臉上不甘的表情了。

「你在說什麼蠢話！」

這時，隊長代替跌落絕望谷底的德斯帕先生開口怒斥。

「竟然……竟然讓我們長年以來的夙願……」

「抱歉，我會盡我所能補償這一切，還請你們……原諒我。」

戴達低頭道歉。

隊長俯瞰著這樣的他，仍氣得全身發抖。

「……拯救歐肯大人，一直都是我們的夙願……我可不會這麼輕易就放棄！」

說著，隊長伸手指向米蘭喬。

「我要讓那個女人承擔責任！」

「等等！米蘭喬是我的妻子，所有的責任都由我來扛！」

隊長和戴達瞪著彼此。

這時，原本垂著頭的德斯帕先生輕喃了幾句。

「你說現在還不用救你、說我還有其他必須幫助的人……指的原來是米蘭喬嗎？

歐肯……」

他不是在跟誰說話，感覺像是在自問自答。

接著，德斯帕先生從原地起身——

「好，我明白了！」

然後這麼說——

原諒米蘭喬。這是德斯帕先生得出的答案。

「德……德斯帕大人！」

想當然爾，隊長無法接受這樣的決定，但德斯帕先生似乎早已做好覺悟。

「取而代之的是，我要跟你們徵收大量的金銀財寶！」

「可是，德斯帕大人！」

德斯帕先生朝仍不肯妥協的隊長輕輕一笑。

「歐肯是不死之身，我們還有機會的。」

「或許……是這樣沒錯，但……」

雖然還是無法接受，但隊長終究服從了德斯帕先生的決定。

「好啦……不過，容我說一句話吧。」

德斯帕先生朝米蘭喬走近。

米蘭喬反射性地縮起身子，戴達則是為了保護她而擺出防禦架勢。

「……我窺見了妳的過往，那段痛苦不堪的過往。」

聽到他這麼說，米蘭喬露出吃驚的表情。

「關於妳犯下一連串罪行的動機……為了不讓這種令人難過的歷史再次上演，請妳把自己得到的教訓用來教育下一個世代。這是妳的使命……或許也是一種贖罪的方法吧。」

語畢，德斯帕先生露出笑容。

那是個不帶半點敵意或恨意、發自內心的微笑。

「所以，妳之後要帶給別人幸福，也要讓自己幸福喔。」

他溫柔的笑容，讓米蘭喬哭了出來。

「……非常感謝你。」

戴達代替泣不成聲的米蘭喬開口。

「還有你栽培王兄成長的恩情，我怎麼感謝都嫌不夠。」

看到戴達朝自己深深鞠躬，德斯帕先生先是有些驚訝，但隨即又恢復成之前的柔和表情。

「我只是替波吉開拓了視野而已。他一直都在大家看不到的地方努力鍛鍊自己。就算沒被任何人發現、得不到任何稱讚，他仍相信自己的前行之路……」

說著，德斯帕先生將手放在身旁的波吉頭上。

看著有些難為情的波吉，他滿意地不斷點頭。

「德斯帕大人，您要向德斯哈陛下報告嗎？雖然我們錯失了拯救歐肯大人的好機會……」

隊長將臉靠近德斯帕先生低聲問道。

「這個嘛……」

德斯帕先生皺起眉頭，接著以手掩嘴轉過身。

「兄長，剛才……」

他嘰哩咕嚕地跟德斯哈對話著。

兄弟倆溝通討論了片刻後——

「咦……？啊，是……我明白了……」

這麼回應後，德斯帕先生有些不解地歪過頭，接著像是鬆了一口氣那樣輕撫自己的胸口。

「不知為何，兄長很大方地原諒我們了呢。他或許另有什麼考量吧……雖然我現在還不清楚就是。」

原本表情一本正經的德斯帕先生，接著像是想起什麼似地，又轉頭望向戴達所在的方向。

「不過，兄長要我們盡可能搜刮一堆財寶回去。既然是兄長的命令，我可要徹底清空他們的寶物庫了！」

他仍牢牢記著寶物的事情。

（德斯帕先生的毅力還真是了得耶……）

即使沒達到原本的目的，他也絕對要撈點好處再走。這就是德斯帕先生。

—・—・—・—・—・—・—・—・—・—

德斯帕先生和歐肯的問題告一段落後，希琳、密茲瑪達和其他騎士也趕來了。

他們或許以為伯斯仍占據著戴達的肉體吧，所以都用很駭人的視線盯著他看。

「希琳殿下，所有的問題都解決了。」

聽到德魯西這麼說，希琳踩著戰戰兢兢的腳步朝戴達靠近。

「……戴達，是你嗎？」

「是的。我一直都有聽到母后的聲音。您一直……很大聲地呼喚我對吧？」

戴達開心地回應。

臉上看起來像是孩子在跟母親撒嬌的表情，跟他的實際年齡再符合不過。

「是……是這樣嗎？」

雙頰泛紅的希琳難為情地移開視線。

而戴達似乎也拿這個不坦率的母親沒輒。

「……所以，到底發生什麼事了呀？」

待臉上的熱氣消散後，希琳這麼切入正題。

戴達微笑著望向波吉。

「是王兄救了我。」

他的回應讓希琳大喜——然後在下個瞬間勉強擠出淡漠的表情。。

「哼！我早就知道會這樣了。跟波吉重逢後，我就覺得這孩子一定不會有問題……所以，我才不會因為這樣就欣喜若狂喲！」

妳欣喜若狂的反應很明顯好嗎——我這麼想，但沒有說出口。

反正，在場的所有人應該都看得出來吧。

「……波吉，你過來。」

希琳朝波吉招手。

看著波吉和戴達這兩個兒子站在自己面前，希琳伸手將他們雙雙環抱住。

「你們兩個都很努力呢，真是太優秀了！」

母親溫暖的懷抱，讓戴達害羞地蠕動身子，波吉則是帶著一臉安心的表情依偎在希琳懷中。

「其他人也是！看到大家都平安，真是太好……哎呀？」

輪流環顧多瑪斯、阿庇司、貝賓和德魯西的臉之後，希琳的視線停留在米蘭喬身上。

「妳是哪位呢？」

「對……對不起，這一切都是我……」

米蘭喬反射性地開口道歉，卻被一旁的戴達打斷。

「她就是把我關入那片黑暗裡頭的人，也是策劃這一連串事件的主謀。」

戴達這番說明，讓希琳頓時說不出話來。

另一方面，周遭其他人則是露出「你怎麼一五一十說出來了啊」的焦急表情。

「所……所……所……所以，這個女人就是……」

希琳伸手指著米蘭喬，一張臉也因為盛怒而脹紅。

感覺她又要開始嚷嚷死刑這兩個字了啊——正當我打算塞住耳朵時，戴達卻搶先一步開口。

「母后，我要和這個女人結婚。」

希琳原本紅通通的臉唰地變得慘白。

一下變紅、一下變白，她還真忙啊。

「啥？咦？嗯？嗯～？」

希琳花了好一段時間，才理解戴達這句話的意思。

為了說服自己的母親，戴達繼續往下說。

「她確實犯下許多罪行，可是，她過去也曾經歷過同等程度的不幸。我願意接受她的過錯和不幸！所以……」

戴達搥了搥自己的胸膛。

「我會原諒她！」

他的語氣透出不容他人否定的魄力。

儘管希琳仍因震驚而不斷重複嘴巴一開一合的動作，但周遭其他人看起來都已經接受了戴達這個決定。

「戴達陛下……」

米蘭喬以哭腫的雙眼望向戴達。

「我會努力讓更多人得到幸福。被戴達陛下救回來的這條命……我會用來讓更多人變得幸福！」

米蘭喬似乎也整理好自己的心情了，這麼宣言的她，眼神看起來相當堅定。

「……是啊，我也要改變才行。」

以笑容回應米蘭喬後，戴達望向我們所在的方向——然後低頭致意。

「抱歉。我無謂的自尊，給大家添了相當大的麻煩。請讓我彌補這一切。」

這是他竭盡所能的賠罪。

聽到這句話的眾人——尤其是四天王，個個都吃驚得張大嘴巴。

自尊心比任何人都要強的戴達陛下竟然——大家全都為戴達的變化目瞪口呆。

在這些人之中，阿庇司走上前。

「那麼——」

他將視線移往波吉身上。

「請您將王位讓給波吉殿下。」

這句話再次震撼在場眾人。

但對我來說，這是求之不得的一句話。

成為這個世上最偉大的國王——這是能讓波吉實現這個願望的第一步。

在現場充斥著緊張氣氛時，戴達開口了。

「……我也正有此意。」

戴達走向波吉，在他面前單膝跪地。

「王兄。我要為過去諸多行為向你道歉，還有，謝謝你。你才是適合成為國王之人。」

波吉似乎也跟不上眼前這出乎意料的事態發展。

「好耶～」

我亢奮不已，但身為當事人的波吉卻是一臉難以置信的表情。

他垂下頭，害羞地撥弄自己的手。

自己不是適合擔任國王的人選——他似乎想這麼說。

所以，我朝波吉的背重拍了一下。

整個人因此重心不穩往前傾的他，一臉不解地轉過頭來。

「波吉！你成為偉大國王的模樣，已經浮現在我腦海裡嘍！」

對此，我沒有半點質疑。

因為我一直看著波吉一路走來。

無論是波吉強大、脆弱，或是不為人知的一面，我都見識過。

所以，我能夠斷言。

波吉他——絕對會成為這個世上最棒的國王。

「嗯……啊嗚！」

我的心意似乎順利傳達給波吉了。

他原本不太有自信的臉上浮現笑容。

眾人聚集到這樣的波吉身邊。

每個人都肯定他是適合成為國王的人物。

「治理這個國家所需要的，已經不是強大的力量了。一心憂國憂民，即使面對前方的苦難，也從不退縮……波吉殿下，只有這樣的您能夠勝任國王。」

我全力支持德魯西的這句話。

「就是啊！畢竟就算有人說你壞話，你也能一直裝作沒聽到嘛！波吉忍耐的功夫可是一流呢！」

「我說你……別再提這件事了啦！」

在這群人之中，最因為這句話感到心虛的希琳不禁發出哀嚎。

但波吉握住她的手，朝她展露微笑。

在這個笑容之下，我窺見了身為王者的氣度——不對。不只是我，在場的所有人一定也都發現了吧。

「那麼，來慶祝新國王的誕生吧！」

霍庫洛開口。

「來拋高吧！大家一起把波吉陛下拋高慶賀吧！」

多瑪斯這麼提議。

眾人伸出手，將波吉的身體抬起。

雖然先天條件並不優秀，但身邊有眾多夥伴願意傾力相助的國王——在我看來，這似乎也象徵著這個國家未來的模樣。

「嘿咻～」

波吉的身體被拋向半空中。

慶祝新國王誕生的喜悅不斷迸裂開來。

所以——我悄悄地離開了現場。

「你要努力喔……波吉。」

聽著從遠處傳來的眾人歡呼聲，我的胸口滿溢著喜悅。

但這有些太炫目了，對我來說炫目過頭了。

在那個被耀眼光芒籠罩的地方，我無法找到自己的歸屬之處。

（我可是影之一族啊……）

若是主人的命令，無論是多麼殘忍不人道的任務，都會確實執行的暗殺集團最後的倖存者——這就是我。

無法走在陽光普照之處——這就是我。

新國王才剛誕生，怎麼能讓他跟我這種壞東西混在一起呢。

波吉已經不是孤單一人了。

他有願意支撐自己的家臣、仰慕他的弟弟，以及在一旁守護他的母親。

除了殺人和竊盜以外，沒有其他長處的我，怎麼能在這種地方尋求自己的歸屬之處呢。

雖然我是波吉最好的朋友——不對，正因我是他最好的朋友。

所以才不能留在他身邊。現在，已經沒有我能夠為波吉做的事情了。

就算波吉希望我留在他身邊，但我這麼做的話，只會給他添麻煩而已。

所以——我的任務已經結束了。

「你擁有無限的潛力，是你讓我明白這一點……」

就算耳朵聽不見、也無法說話，你還是沒有放棄。

即使被所有人放棄，你卻沒有放棄你自己。

「所以啊，這次，換我去發掘自己的潛力嘍。」

再會了，波吉——

—•—•—•—•—•—•—•—•—•—•—•—•—

我離開波吉的祖國，來到另一個國家。

位於這個國家郊區的草原，便是我下一個住處。

「好啦……這樣差不多了吧。」

我用撿來的木頭拼湊而成的小木屋，看起來還算不錯。

「接下來，得去找工作才行。重生的我要展開新生活嘍！」

我陸續造訪了城鎮。

或許是因為我詭異的樣貌吧，擦身而過的每個路人，都對我投以異樣的眼光。

原本還覺得有些不爽，但我隨即轉換了心情。

（跟波吉相比，這點程度的事情……）

我想起只穿著一條內褲走在鎮上的波吉。

跟那樣的他比起來，我現在的遭遇根本不算什麼。

「好啦，找工作、找工作、找工作！」

我造訪正在招募人手的店鋪。

顧店、整理倉庫、打掃院子——我主動應徵了各式各樣的工作。

可是——全都被打回票。

沒有一個人願意給我工作。

他們只是對我視若無睹，或是直接將我趕走——我無法幫上任何人的忙。

（還挺困難的耶……不過，我可不會放棄喔！）

不能因為這點事就灰心喪氣，波吉已經讓我見證過這樣的堅強。

所以，我不會因為芝麻綠豆的事情而沮喪。

我是這麼想的。然而——

「……」

傍晚，打算返回小木屋所在處時，等著我的卻是一堆被破壞得亂七八糟的木片殘骸。

這不是自然損壞的。可以看見有人惡意破壞留下的痕跡。

「……不能輸！不要沮喪！」

我拚命激勵自己。

我無謂地大聲吶喊、無謂地卯起來活動身體。

儘管像這樣努力壓抑——悲傷的情緒仍從胸口湧現。

前方的視野開始變得模糊——我伸出手拚命揉眼睛。

（不能閉上眼睛！要是閉上眼，就會想起來啊！）

想起那些開心的日子——跟波吉共度的、短暫卻充滿新鮮感的每一天。

跟波吉一起行動的那段時光，讓原本一無所有的我看到了新世界。

我拚命揮去浮現在腦中的回憶。

然後死瞪著緩緩西下的夕陽。

要是不這麼做，自己彷彿就會被寂寞的感覺壓垮。

就在這時……

喀沙喀沙——我身後的草叢有什麼在蠕動。

我轉過頭，但什麼也沒看到。

起先，我以為是自己聽錯了，但喀沙喀沙的聲響確實朝我所在的位置靠近。

這個聲音愈來愈清晰、愈來愈靠近。然後——

我看到了王冠。

「為……什麼……」

這怎麼可能呢——我不禁懷疑自己的雙眼。

我反覆揉眼睛，又努力眨了好幾次眼。

不過，王冠確實就在眼前。

而位於王冠下方的——是波吉的臉。

「啊嗚！」

「波吉！你……你怎麼會……」

你應該已經成為國王了啊——看到我這麼驚叫出聲，波吉滿面笑容地開始說明。

在我消失無蹤後，他總是不自覺地尋找我的身影。

因為過於擔心我，他甚至還差點耽誤了國政。

實在看不下去的希琳，以這番話從背後推了他一把——如果發現真的對自己很重要的人事物，就不要一味忍耐，去找一個能讓自己發光發熱的地方，然後待在那裡努力吧。

明明是個很離譜的決定，波吉臉上卻自始至終都掛著笑容。

「可是！那國王呢？國王的位子怎麼辦啊！」

「喔喔！啊～嗚！」

「你說你把王位讓給戴達了？你是傻子嗎！」

好不容易當上國王，卻自己捨棄這樣的機會——我實在無法按捺心中的怒火。

你捨棄想成為世上最偉大國王的夢想了嗎——我忍不住質問波吉。

波吉以一臉認真的表情朝我搖搖頭。

接著，他伸手指向天空。

「啊呃！哎昂！」

波吉指著炫目璀璨的太陽這麼說。

「你說我……是太陽……？」

你在說什麼啊，波吉。

我是卡克呢，是影之一族。

我總是躲在陰影處、喜愛夜晚、在黑暗中求生啊。

這樣的我，怎麼會是太陽呢。

可是，為什麼你卻——

「啊呃！喔呃！哎昂！」

波吉先是用手指向我，接著指向自己，最後再指向太陽。

「你說……對你來說，我就是……你的太陽……？」

聽到我茫然的輕喃，波吉用力點頭。

然後展露出對此深信不疑的笑容。

「我是……」

我的胸口湧現一股暖流，眼角也開始浮現溫熱感。

我是影之一族，所以無法正大光明地過生活，是個只能默默消失蹤影的存在——我以為這是理所當然。

但波吉卻說這樣的我是太陽、是閃耀著光芒的存在。

這是我打從出生之後——第一次有整個人都沐浴在陽光之下的感覺。

「你……你別說這種奇怪的話啦！」

我連忙別過臉去。

波吉這番話實在讓我開心到不行，同時也害羞到不行。

「更何況，雖然你說自己沒有捨棄要成為國王的夢想，但都已經把王位讓給戴達了，之後你打算怎麼辦啊！」

為了掩飾害羞反應，我刻意提高音量，結果——波吉再次伸手指向天空。

然後這麼說。

「你說你要像自己的老爸那樣……親手建立一個國家？」

波吉道出了很不得了的人生志向。

不是讓自己的祖國走向繁榮，而是要從零打造出一個新國家嗎？

這簡直是天方夜譚。

是個遙不可及的夢想。

不過——

如果是波吉的話，或許——我忍不住這樣想。

如果我能待在這樣的他身邊，會是多麼幸福的事情呢——我忍不住這樣想。

「好！我明白啦！」

既然都決定好了，再東想西想也沒有意義。

波吉要繼續追逐夢想的話，我也只能卯足全力跟他同行了！

這就是我嶄新的人生目標！

「首先，你要往哪裡去，波吉？東邊？還是西邊？無論是哪裡，我都會跟你一起去！」

「啊嗚！」

「但旅行很花錢呢。你身上應該有帶錢吧！」

我想起最初跟波吉相遇時的光景，不自覺這麼脫口而出。

不過，現在的波吉不需要再脫個精光了。他把包包裡裝得滿滿的金幣亮給我看。

「很好！那出發吧，波吉！」

「啊～嗚！」

波吉隨即拔腿往前衝。

我也匆匆忙忙跟上他。

我們還沒有決定目的地，也不知道會有什麼樣的明天在等著我們。

就算這樣，只要能跟波吉在一起，我相信每天一定都會開心無比。

「謝謝你啊，波吉！」

聽到我使盡力氣的吶喊而轉過頭來的波吉——臉上依舊掛著燦爛的笑容。

國家圖書館出版品預行編目資料

國王排名 . 後篇 / 十日草輔原作 ; 八奈川景晶小
說改作 ; 許婷婷譯 . -- 一版 . -- 臺北市 : 臺灣角川
股份有限公司 , 2023.03
　面 ;　公分
譯自 : 小説王様ランキング . 後編
ISBN 978-626-352-352-4(平裝)

861.57　　112000285

輕文學
Light Literature

國王排名　後篇

原著名＊小説　王様ランキング　後編

漫畫原作＊十日草輔
小說改作＊八奈川景晶
譯　　者＊許婷婷

2023 年 3 月 31 日　一版第 1 刷發行

發 行 人＊岩崎剛人
總　　監＊呂慧君
總 編 輯＊蔡佩芬
主　　編＊李維莉
美術設計＊李曼庭
印　　務＊李明修（主任）、張加恩（主任）、張凱棋

台灣角川

發 行 所＊台灣角川股份有限公司
地　　址＊104 台北市中山區松江路 223 號 3 樓
電　　話＊（02）2515-3000
傳　　真＊（02）2515-0033
網　　址＊http://www.kadokawa.com.tw
劃撥帳戶＊台灣角川股份有限公司
劃撥帳號＊19487412
法律顧問＊有澤法律事務所
製　　版＊尚騰印刷事業有限公司
I S B N＊978-626-352-352-4